琼 瑶
作品大合集

翦翦风

琼瑶 著

作家出版社

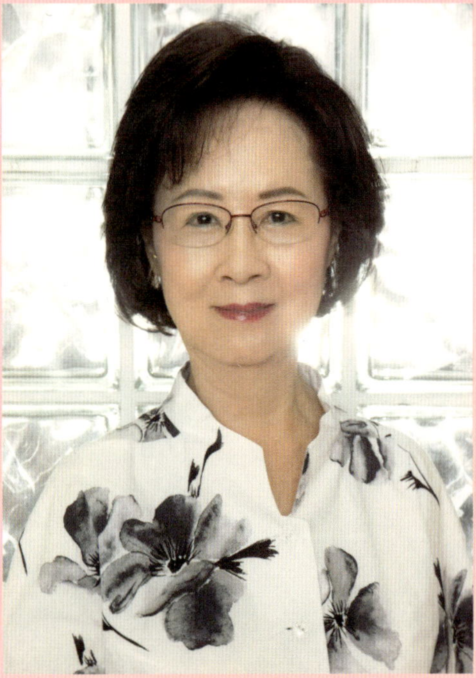

琼瑶，本名陈喆，作家、编剧、作词人、影视制作人。原籍湖南衡阳，1938年生于四川成都，1949年随父母由大陆赴台生活。16岁时以笔名心如发表小说《云影》，25岁时出版首部长篇小说《窗外》。多年来笔耕不辍，代表作包括《烟雨蒙蒙》《几度夕阳红》《彩云飞》《海鸥飞处》《心有千千结》《一帘幽梦》《在水一方》《我是一片云》《庭院深深》等。

多部作品先后改编成为电影及电视剧，琼瑶也因此步入影视产业。《六个梦》系列、《梅花三弄》系列、《还珠格格》系列等，影响至深，成为几代读者与观众共同的记忆。

琼瑶以流畅优美的文笔，编织了众多曲折动人的故事。其作品以对于梦的憧憬和爱的执着，与大众流行文化紧密结合，风靡半个多世纪，成为华文世界中极重要的文学经典。

我为爱而生，我为爱而写
文字里度过多少春夏秋冬
文字里留下多少青春浪漫
人世间虽然没有天长地久
故事里火花燃烧爱也依旧

宝瑶

第一章

不知怎么，我们这一群人居然又都聚集在一块儿了，闹哄哄地挤满了我的小书房，竟比下帖子请来的还齐全。大概有十年没有这样的盛会了，十年间，我搬过七八次家，难得他们还找得到我的住址，更难得他们会不请自来。何况，这还是个下着毛毛雨的、冷飕飕的冬夜！

我在房间中生了一盆炭火，不为了怕冷，就为了喜欢那份"围炉"的情调。炉火烧得很旺，映红了每一个人的脸，再加上大家兴奋地谈话和笑闹，使我这间平日冷冷清清的小房间突然增加了不少的生气。紫云和彤云这一对姐妹仍然是形影不离，相亲相爱的。当初祖望和她们姐妹二人的"三角"故事早已成为过去，现在祖望和紫云都已结婚七年了，彤云也嫁了一个"圈外人"，不属于我们这个圈圈里的。还好，今天她没有把那个"圈外人"带来，否则总有一份生疏和尴尬。祖望坐在一边，还是那份笑吟吟、好脾气的样儿，只是，鼻梁上多了一副近视眼镜，显得深沉了许多，本来嘛，他已经是两个孩子的爸爸了。

小张、小俞、小何是一道来的，这三剑客在十年后的今天，依然是三剑客，而且依然打着光杆，听说几个月前，他们还在一块儿做"当街追女孩子"的游戏，看来要"老天真"到底了。本来我们当初都希望纫兰能够和他们之间的一个结合，谁知这三剑客友谊胜过爱情，竟然你推我让地推了两三年，直到纫兰也嫁了个"圈外人"，他们才跌足捶胸地互相抱怨不已。现在，纫兰已经有个六岁大的女儿了，人也发胖了，却比以前多了一份成熟的美，坐在我们之中，还是那么文文静静的不爱说话。她是被怀冰拉来的，怀冰和谷风这一对理想夫妻，该是我们这个圈圈里最没经过风暴、最一帆风顺，也最恩爱的一对了。

忽然间来了这么多客人，确实使我有些手忙脚乱，倒茶倒水、瓜子牛肉干地忙个不停。偏偏大家虽然都是超过三十岁的人了，吃起东西来依然不减当年，使我这个主人简直忙不完。最后还是怀冰拉了我一把说："你就坐下吧！你真要张罗吃的，就是有十个贮藏室也不够，三剑客吃起东西来那股穷凶极恶劲儿，我是领教够了！"

"怎么，"小俞立即对怀冰瞪了瞪眼，"在你家吃过几顿饭，你就嫌我们了，是不是？再怎么穷凶极恶，也没把你家吃穷呀！你和谷风是越发达，反倒越小气了！"

"好了好了！"谷风插进来说，"别人说一句，小俞总要拉扯上一大堆……"

"瞧，帮凶的来了，"小俞嚷着，"不是妇唱夫随，就是夫唱妇随，你们这一对呀，真是……"

"天造地设！"小张接口说。

"别吵了吧！"紫云提高嗓子说，"就是三剑客顶要命，走到哪儿就吵到哪儿，每次要谈正经事都是被他们吵混掉了，说有多讨厌就有多讨厌……"

"怎么了？"小何用手抓抓头，还是他那副毛手毛脚的老样子，"看来我们很不受欢迎嘛，干脆咱们走吧！"

"不许走！"彤云喊，"事情没讨论完谁也不许走！"她环室看了一眼，问："人都到齐了没有？"

"还少了水孩儿和无事忙！"祖望慢条斯理地说。

"有没有人通知过他们？"

"我通知过。"小俞举了举手。

"那么我们再等一等吧！"纫兰说。

"等一等？等谁？"一个声音在书房门口响起，我抬起头来，无事忙正披着件湿淋淋的雨衣，神气活现地站在那儿，他的后面，我那个傻好人般的小下女秀子笑态可掬地报告着："小姐，又有客人。"

秀子在我这儿做了两年，从来没有遇到过这种场面，

3

她显然有点兴奋得过了头。迎进了无事忙，小何劈头就是一句："你这人怎么了？总是迟到！难道你太太又进了产房了？"

无事忙原名是吴士良，只为了他永远慌慌张张，像个大头苍蝇般飞来飞去，却忙不出个所以然来，所以大家给了他个绰号叫无事忙。六年前他结了婚，娶了个农村小姐，他该是我们这一群里最勇于"生产"的一个，婚后，他的夫人在六年间一连给他生了五个孩子。据说，从此他就和尿布、奶瓶什么的结了不解之缘，无事忙早就应该改作"有事忙"了。

"别挖苦人，行不行？"无事忙脱下雨衣，甩了一屋子的水，炉火也沾了几滴，发出"嗤嗤"的轻响。他这才看见了炉火，大发现似的叫着："好呀！好火！外面冷得可够受！"望着我，他说："蓝采，你还是我们中间最懂得生活的一个！"

"坐下吧！别站在那儿弄得人心慌！"怀冰推了一张椅子给他，问，"你太太好吗？"

"不好。"无事忙坐了下来，毫不考虑地说。

"怎么？"怀冰皱皱眉。

"流产了一个孩子。"

"啊呀，我的天！"彤云叫着，"你怎么还要孩子呀！"

"增产报国呀！"无事忙苦着脸说。

"呸！见鬼！"彤云咒了一句。

"言归正传,"无事忙说,"你们不是叫我来讨论怎么欢迎柯梦南的吗?柯梦南这小子真'神'起来了,今天整个报纸的第三版都是他要回来的消息嘛!"

"当然啦,"小俞说,"他现在是出了名的声乐家了!"

"我早就知道他会有今天的,"祖望接了口,"他始终是我们这圈圈里最不平凡的一个。"

"不要扯得太远,"无事忙一股紧张的样子,"到底我们准备怎样欢迎他?"

"别忙,"小张说,"水孩儿怎么还没来?"

像是答复小张的问话,秀子在门口高叫着:"小姐,又有客人!"

水孩儿轻轻盈盈地走了进来,十年间她的变化最大,结过婚,离过婚,出了国,又回了国。但是,她仍然如水般清灵秀气,一袭全黑的丝绒旗袍,薄施脂粉,没有戴任何装饰品,却使满屋子一亮。

"怎么,"她向满屋扫了一眼,"都到齐了?"

"可不是,"祖望说,"除去出了国的小魏和老蔡,结了婚就失去消息的美玲——"

"还有就是——"纫兰慢吞吞地说,"柯梦南。"

"还有——"祖望的声音更轻,"何飞飞。"

柯梦南?何飞飞?时间要倒退到十二年前。

第二章

我们毕业于同一所男女合校的中学。

我还记得在毕业典礼上，我们大家所唱的毕业歌：

> 歌声凄，琴声低，
> 无言诉心迹，
> 数年聚，深相契，
> 一朝远别离，
> 远别离，莫唏嘘，
> 身虽别，心相依……

我们含着泪唱，带着满怀的迷茫和凄恻来唱。对于前途，我们的困惑多于兴奋，因为我们不是一所著名的中学，换言之，不是一个升学率很高的中学，但是，对于别离，我们都不胜怆恻，我想，没有比我们这个班级更合作的班级，也没有比我们感情更好的班级了。当毕业典礼结束之后，我们散在操场和走廊上，大家都恓恓惶惶的，没有喜悦，没有兴奋，只有空虚和哀愁。

在班上，我和怀冰的感情最好，那天，坐在操场旁的大榕树下面，我们默默相对，想得很多，想得很远。三年的高中生活，苦多于乐，大家都期望早些毕业，但是，一旦毕业了，却又都不愿意接受毕业的事实。就在我们相对无言的时候，何飞飞来了，迈着轻快的步子，她连蹦带跳地走到我们身边，脸颊被太阳晒得绯红，额上挂着汗珠，眼睛里流露着兴奋和愉快，她浑身找不着一点儿颓丧的气息，无论是什么时候，她永远是那样无忧无虑！站在我们面前，她叫着说："怀冰，蓝采，别那么长吁短叹的，快站起来，我有一个伟大的提议！"

"什么提议？"我不大带劲儿，何飞飞的提议绝对不会"伟大"，如果不是要捉弄人，就是要开玩笑，她仿佛一生都没有正经过。

"我提议我们永远不要分开！"

"嗬！"怀冰喊了一声，"你的提议确实伟大！"

"真是！你们别那样阴阳怪气！"何飞飞急了，圆圆的脸涨得更红。"我告诉你们，我们征求大家的意见，以后不论我们考到什么学校，我们要永远联系，尽量利用假日，大家聚在一块儿，郊游也好，谈天也好，野餐也

7

好，反正，每隔十天八天，我们就聚会一次，这样，我们不是永远不会分开了吗？"

"好计划！"谷风走了过来，叫着说，"我加入一个！"

"我也加入！"祖望伸出了手，"大家握手吧！"

"别漏掉我们！"是外号叫三剑客的小俞、小张和小何，他们也伸出了手，搭在我们的手上面。

"还有我！"是无事忙。

"还有我们！"是紫云和彤云。

"还有我！"

"还有我！"

"还有我！"

顿时，人从各个角落里拥了过来，一只只的手搭了上去，叠成高高的一摞。

就这样，我们这个"圈圈"成立了。刚开始，我们拥有三十几个人，几乎全班都加入了。但是，大专联考之后，有的考到南部去了，有的没有考上大学，就不愿意再和旧日同学见面了，有的自然而然地就失去了联络。到最后，我们这个圈圈维持了固定的人数，一共有十五六个人。

那是最不知道忧愁的年龄，那也是忧愁最多的年龄，那是不知天高地厚却妄想征服宇宙的时期。我们已经属于不同的大学，也有的失学在家，但是每次只要招呼一声下次聚会的时间地点，大家就会准时地来了。我们在一块儿疯,一块儿笑,一块儿闹,一块儿游山玩水、谈天说地、嬉笑怒骂,也一块儿"捉捉恋爱的迷藏"。

"捉捉恋爱的迷藏"这句话,是何飞飞发明的,我总觉得这句话在文法上有点问题。但是,何飞飞发明的话,十句有八句在文法上都讲不通,在意思上却表达得再贴切也没有,于是,久而久之,大家也不挑她的毛病了,反而都顺理成章地引用起"何飞飞"式语法来。"捉捉恋爱的迷藏"是指那时的情况,十五六个男男女女的青年在一块儿玩,总有点微妙,今天,甲对乙献了殷勤,明天,乙又和丙特别亲热,后天,丙说不定又和丁来往密切。何飞飞常私下对我说:"瞧,整个就像演戏,谁知道若干年后,咱们这场戏会演成个什么局面?"

当然,谁知道呢?我们谁都不会知道,我们也不想知道,我们只是尽情享受着属于我们的欢乐。至今,我仍然怀疑,当初何飞飞说这句话的时候,是不是已有某种预感?是不是她自己已知道她将扮演的角色?当时,她是我们这一群里最会闹、最无忧无虑、最爱笑爱吵的一个,无论何时何地,只要有她在,老远就可以听到她旁若无人的笑声和叫声:"哈哈,真滑稽,滑稽得要死掉了!"

"真滑稽"和"要死掉了"都是她的口头语,就不知道她怎么会有那么多事情"真滑稽"和"要死掉了"。她看到水里有条鱼也是"真滑稽",看到一个老农夫也是

"真滑稽",看到一朵花开得很漂亮也是"真滑稽",反正,一切需要用感叹词的句子,到她那儿就变成了"真滑稽"。尤其,后来她发现"滑稽"两个字在古时正确的发音应该念作"骨稽"的,她就左一声"真骨稽",右一声"真骨稽"的,听得我们可真是"骨(滑)稽"极了。水孩儿常常对她说:"你就别骨(滑)稽了吧!还是滑稽吧!"

她会把大圆眼睛一瞪,鼻子皱成了一堆,嚷着说:"真骨稽!你这个滑稽才真骨稽透了呢!以错的来改对的,简直骨稽!"

这几个"滑稽""骨稽",弄得我们可真又"骨稽"又"滑稽",每次都笑得肚子痛。何飞飞还有个特别本领,就是别人不笑的时候她笑得开心,别人都笑的时候她反而紧绷着个脸儿一点也不笑。每次我们好不容易笑停了,一看到她那副实在正经不起来却又一本正经的"骨稽"样子,就又忍不住地要笑。看我们笑得前俯后仰的,她倒经常纳闷地用手托着腮,百思不解地说:"怎么就那么好笑呢?真骨稽!"

何飞飞就是这样一个人,老实说,她是我们大家的宠儿,有她在,空气永远不会沉闷;有她在,人人都觉得开心。男孩子们喜欢她,女孩子们也喜欢她。但是,对于她的调皮捣蛋,却常常叫人吃不消,尤其是想追求她的男孩子,常被她捉弄得下不来台。有一次,小魏在她耳边不知道讲了一句什么,她一个劲儿地点头,也在小魏的耳边说了几句悄悄话。那一整天,小魏始终兴奋得眉飞色舞,眼光就绕着何飞飞转。而我们,都分别得到了何飞飞的暗示:"晚上小魏请看电影,国际戏院门口集合,大家一起去!"

我们都是爱开玩笑的,也是唯恐天下不乱的,因此,当小魏兴冲冲地赶到国际戏院门口时,他看到的是黑压压的一大群人,足足有十五个。再也没有一个时刻小魏的脸色是那样尴尬的,瞪大了眼睛,他讷讷地说:"这……这……这是怎么?"

"你不是请看电影吗?"何飞飞做出一股诧异的样子来,"难道你忘记买票了?我已经帮你约了大家,一共十六个人,你赶快买票吧!"

"这……这……"小魏急得说不出话来,只是用手抓着头,但是何飞飞却一脸正经,丝毫没有开玩笑的样子,因此他也不敢冒昧,半天才可怜兮兮地说:"我请了大家吗?"

"你是的,"何飞飞板着脸说,"你还不买票,在等什么?你叫我通知大家的。"

"你——你没有听错吗?"小魏结舌地问。

"胡说八道!"何飞飞竖起了眉毛,很可怕的样子,"难道你想冤大家白跑一趟吗?做人不能这样做的。都快开演了,你到底是买票还是不买票?"

"好，好，好，我买，我买，我买。"小魏一迭连声地说，慌忙去买了票（据说，用掉了他一个月的零用钱）。而何飞飞呢？早躲到一边，笑了个前俯后仰。事后，小魏咬牙切齿地说："这个鬼丫头，总有一天，她也被人捉弄一下才好呢！"可是，何飞飞是不容易被人捉弄的，她太机灵了，太灵巧了，而她又是那样一派天真和惹人喜爱，谁会忍心去捉弄她呢？除非是命运。

我们就是这样爱闹的一群，但是，柯梦南并不属于我们这一群，他是后来才加入的。

第三章

那是一个夏天的晚上，我们全体到谷风家里去玩。

谷风可以说是一个天之骄子，他有个身跨政教两界的、有名的父亲，和一个慈祥而好脾气的母亲，在他上面有三个姐姐，都已经出嫁，他是家中唯一的男孩子，又是最小的，得宠的情况就可想而知了。家庭的环境好，他口袋里常有用不完的钱，他又慷慨好客，所以特别得人缘。我们最喜欢到他家里聚会，为了他家那无人干涉的大客厅，和那些准备充足的零食。

那天的天气很热，气压很低，他们预料会有一场豪雨，可是一直到晚上，雨都没有下下来。幸好谷风家的客厅里有冷气，这比瓜子牛肉干更受欢迎。我和怀冰坐在一块儿，人差不多都到齐了，室内一片笑语喧哗，这使我有些感触，从小我就怕寂寞，喜欢人多的地方，但是到了人多的地方，我又会有种莫名其妙的、想逃避的感觉。这应该和我的家庭环境有关，妈妈在我六岁那年和爸爸离婚，爸爸带走了哥哥，妈妈带着我。一直到现在，我们就母女二人相依为命。妈妈始终没有再婚，并不是没有机会，而是为了我，她常说："没有人会和我一样爱你，蓝采。"

妈妈为我而不再结婚，而我大了，开始有自己的生活、自己的欢乐，我没有很多的时间去陪伴妈妈。因此，每当我在人群中欢笑的时候，我会想起妈妈，想起家中那简单而燠热的小斗室，想起那一屋子的寂寞。怀冰常说我看起来很深沉、很稳重，但又是最心软的人，因为我很容易流泪，任何一点小事，都会让我掉眼泪的。她总说："蓝采，你外表很坚强，其实你是我们里面最女性的一个，比水孩儿还女性。"

水孩儿原名叫陈琳，但是没人叫她名字，大家都叫她绰号，这绰号也是何飞飞叫出来的。在我们这一群中，水孩儿是长得最美的一个，她的皮肤最好，又细又嫩，像掐得出水来，再加上，她有一对"水汪汪"的眼睛，有一份"水汪汪"的笑和"水汪汪"的说话。这一连三个"水汪汪"都是"何飞飞式"的形容词，那还是远在高中的时候，一次旅行中，何飞飞说过的："奇怪，陈琳的眼睛是水汪汪的，笑也是水汪汪的，说话也是水汪汪的，简直就像个水孩儿！"

从此,"水孩儿"这个绰号就叫出来了。她也是我们这个小团体中的宠儿,但她的"得宠"和何飞飞完全不同,何飞飞是被大家当作一件很好玩很稀奇的玩意儿一样喜爱着的,水孩儿呢,男孩子对她都怀着一种敬慕的情愫,女孩子则把她当作个小玻璃人般保护着,怕把她碰坏了,怕把她碰碎了。

她们两人的情形,现在在客厅中就可以看出来,大家几乎分成了两组,一组以水孩儿为中心,一组以何飞飞为中心。

水孩儿的那组安安静静地围着唱机听音乐,何飞飞这组却高谈阔论,指手画脚地讨论着什么,中间夹着何飞飞尖声大叫:"我说我行!我就是行!"

"什么事情她行?"我问怀冰。

"三剑客说用单脚站着,一面打圈圈,一面蹲下来很难做到,她硬说她行!"怀冰笑着说,"瞧吧,她一天不要宝,一天就不舒服,我打赌她又要有精彩表演了。"

"你要是做得到呀,"三剑客之一的小俞喊着,"我就在地上滚,从客厅里一直滚到大街上去!"他是动不动就要和人打赌,一打赌就是要"滚"的。

"你说话算不算话?"何飞飞用手叉着腰问。

"不算话的在地下滚!"他还是"滚"。

"好吧!大家作证啊!他要是不滚的话我把他捺在地下让他滚!"何飞飞嚷着,"让开一点,看我来!我才不信这有什么难的!"

大家笑着让开了,何飞飞跑到客厅中间的地毯上站着,伸直了一条腿,金鸡独立,慢慢地转着圈子,慢慢地往下蹲,小俞在一边直着喉咙喊:"要蹲慢一点,蹲快了不算数!"

还没有蹲到一半,何飞飞的脸已经涨红了,眼珠也突出来了,额上的汗直往眉毛上淌。她还要逞能继续蹲下去,纫兰在我身边叫着说:"叫她别做了吧,这是何苦呢!"

"我能做!我能做!"何飞飞喘着气喊,"你看我这就完成了!"

她真的"接近"完成了,但是,在那一刹那,我们就听见何飞飞"哎哟"的一声尖叫,接着"扑通"一声,她整个人都滚倒在地毯上了。大家哄然大笑了起来,小俞长长地吹了声响亮的口哨,笑着喊:"精彩!精彩!真精彩!"

我赶过去扶何飞飞,可是她起不来了,躺在地上,她用手按着腿叫:"哎哟,我的腿抽筋了!哎哟!"

她的腿有抽筋的老毛病。纫兰、水孩儿、彤云、紫云都跑了过来,大家围着她,又帮她按摩,又帮她拉扯,她则耸着鼻子,皱着眉头,一脸滑稽兮兮的苦相,嘴里不停地哼哼。

纫兰又笑又怜地说:"叫你不要试嘛,你偏要试,你瞧这是何苦!"

"哎哟,难过死了!哎哟,哎哟!"何飞飞最不能忍疼,龇牙咧嘴地叫个不停,怀冰捧了一瓶酒精来,谷风又忙着去找药棉,想用酒精擦拭。大家围着她,七嘴八舌地出着主意,又都忍不住要笑,就在这乱成一团的时候,门开了,祖望带着一个陌生人走了进来。

"嗨!我给你们带来了一个新朋友,他是……"祖望一进门就嚷着,接着,他的话就咽住了,诧异地瞪着眼睛说,"怎么,出了命案了吗?"

"何飞飞淘气,"谷风说,"脚又抽筋了!"

"用酒精试了没有?"祖望问。

"这不就在试吗?"小魏说。

"用力拉一拉说不定就好了!"小俞说。

"我来抱住她的身子,小俞来拉她的腿。"小何说,存心想讨便宜。

"你敢!"何飞飞大叫,恶狠狠地瞪着小何,"你们三剑客没有一个是好东西!"说着,她咧咧嘴,大概赌输了就够不服气了,腿抽筋又相当难受,再加上被大家嘲笑,她竟然要哭了。

水孩儿慌忙揽住她,一迭连声地说:"别哭呀,可别哭呀,哭了就不好意思了!"

"瞧!"彤云对三剑客跺了跺脚,"就是你们闹的!"

"开玩笑也要有个分寸,"紫云接了口,紫云和彤云这对姐妹感情出名地好，无论干什么都站在一条阵线上。"人家已经抽筋了你们还要开玩笑！"

"好，好，"小何说，"算我说错了，怎么样？"他看出事态闹严重了，有些紧张，"其实都是小俞不好！"

何飞飞的嘴咧得更厉害了，想哭又不好意思哭，勉勉强强地忍着。大家一面安慰她，一面骂小俞。小俞被骂急了，嚷着说："好了，何飞飞，就算我输了，我在地上滚怎么样？"

"要一直滚到大街上。"何飞飞噘着嘴说，小俞这句话对她的安抚作用显然很大。

"这……个……"小俞面有难色，紫云狠狠地踩了他一脚，他痛得大叫了一声，连忙说："好，好，好，就滚到大街上。"

"好啊！大家作证，你可不许赖！"何飞飞欢呼着，从地上一跃而起，笑嘻嘻地说。她的什么抽筋啦，眼泪啦，都不知去向了。小俞瞪着眼睛喊："什么？你的抽筋是假的呀！"

我们大家面面相觑，想不到都被何飞飞唬住了，接着，我们就爆发般地大笑了起来，指着何飞飞又笑又骂。而何飞飞呢，她正一脸正经，毫不客气地揪着小俞的衣服，一迭连声地说："滚！滚！滚！你滚！马上滚！"

"这不行！"小俞气得吹胡子瞪眼睛，"这简直赖皮！"

"你才赖皮呢！"何飞飞喊，"大家都听到你说要滚的，不管！你今天非滚不可！"

"小俞，你就滚吧！"纫兰说，"看样子，你不滚是无法交账了。"

于是，小俞在大家的起哄之下，真的滚了，他用手抱着头，从客厅中一路滚到客厅门口，大家笑得弯腰驼背，气喘不已，何飞飞倒在沙发上喊："哎哟！真骨稽！真骨稽得要死掉了。"

小俞从地上跳起来，对何飞飞弯弯腰说："小姐，希望有一天你真的抽筋抽死掉才好呢！"

"谢谢你的祝福。"何飞飞也弯弯腰说。

大家又笑了起来。我看看何飞飞，不知道怎么，对于她和小俞的玩笑感到有点不舒服。回过头去，我的眼光无意地接触到一个人，一个陌生的人，他站在那儿，高高的个子，略嫌瘦削的脸庞，有对很深沉的眼睛。他正在微笑，望着这乱成一团的人群微笑，他的笑容里有种感动的、热情的和欣羡的味道。于是，我说："祖望，我们忽略了你带来的客人了。"

大家都止住了笑闹，不由自主地抬起头来，望着那个陌生人，室内有一瞬间的寂静，那个陌生人仿佛成为一个要人一般，变成大家注意的目标。但是，他站在那儿，有种从容不迫的安详，有份控制全域的力量，他还带着他那个微笑，对大家轻轻地点了点头，说："我的名字叫柯梦南，是南柯一梦其中的三个字。"

"南柯一梦？"何飞飞歪了歪头，望着他说，"你一定有个很诗意的、很有学问的爸爸。"

"正相反，"他笑着，笑得很含蓄，"我的父亲是个医生。"

"他一定把人生'透视'过了，也'解剖'过了，才会给你取这样的名字。"我冲口而出地说。

"是吗？"他凝视了我一下，有股深思的神情，"不过，我并不认为如此，他是个好医生，透视和解剖的都是人体，不是人生。"他又微笑了，不知怎么，我觉得他的笑容里有一丝悲哀的味道。

"天啦，蓝采，"何飞飞打断了我，"你们总不至于要讨论人生吧，那可太煞风景了。我们来玩吧！"她站起来，伸手给柯梦南，"欢迎你加入，柯一梦。"

"不，是柯梦南。"柯梦南更正着。

"柯梦南？"何飞飞耸了耸肩，"好，就算是柯梦南吧，我们也一样欢迎，"她回头望着大家说，"不是吗？"

当然啦。我们是唯恐没有人参加呢！就这样，柯梦南加入了我们。

第四章

柯梦南是祖望的同学，同校而不同系，祖望学的是文学，柯梦南学的是音乐，两个人所学不同，性格也不同，真不知道怎么会成为好朋友的。柯梦南刚到我们这个圈圈里来的时候，和我们并不见得很合得来。他不太爱讲话，总是微笑地坐在一边，静静地望着别人笑和闹，仿佛他只是一个观众，一个与大家无关的人物。何飞飞曾经扮着鬼脸对我说："柯梦南这人可以去演侦探片，你看他那副莫测高深的样子，好像他超人一等似的。"

柯梦南确实有点与众不同，他不像别的男孩子那样衣着随便、拖拖拉拉，他总是穿得整整洁洁的。他也不会在大庭广众之下旁若无人地高谈阔论。总之，他和我们之间有段距离，我们都知道他家的经济情况非常好，他又是独子，所以，他的生活态度就过分"上流"了。

人的习惯是很难打破的,他无法很快地被我们同化,我们也无法很快地喜欢他,直到有一天,一切都改观了。

那是个月夜,夏天的晚上,城市里燠热得像个大蒸笼。于是,我们一齐跑到碧潭去划船。柯梦南也去了。水面上凉爽极了,月亮又好,有如诗如画的情调。我们包了一条大船、四条小船,一共有十五六个人,在水面组成了一支庞大的队伍。

我们让大船在前面走,四条小船用绳子连在一块儿,只有两边两条船的人负责划,缓缓地跟在后面。月明星稀,桨声打击着水面,声音规律地响着。我们没有喝酒,但是都有了醉意。那模糊的山影,那闪着月光、星光的潭水,那份说不出来的静谧和安详的气氛,我们不知不觉地安静了,不笑了,也不闹了。

就在这时,柯梦南忽然轻轻地吹起口哨来,他的口哨吹得非常好,悠长、绵邈而高低起伏。他吹的是一个陌生的调子,我们都没听过,但是非常悦耳。那晚的月光、山影、树影、船声、桨声,都已经具有魔幻的色彩,他的口哨就更具有催眠般的力量。那么优雅抑扬,那么宁静潇洒,那么无拘无束。他吹了很久,最后一声长而高亢的音调之后,他停止了。一切都静静的,包括山、树、月光和我们。没有人说什么,我们自然而然地接受了他的口哨,也自然而然地接受了他的停止。船走进了一片山的暗影中,船头摇桨的老头子扶着桨睡着了。

不知道静了多久,祖望打破了岑寂,他安安静静地说:"柯梦南,唱支歌吧!"

柯梦南没有答复,没说好,也没说不好,于是,祖望又说:"唱一支吧!为了我们。"

他轻轻地哼了起来,哼了几声,他又停了。船篷上悬着一盏灯,是个玻璃罩子,里面燃着一支小小的蜡烛。他抬起头来,凝视着那盏小灯。灯光微弱地射在他的脸上,他的眼睛炯炯地发着光,脸上带着种生动的、易感的神情,灯影在他的脸上摇晃,造成一份朦胧的感觉。我们大家都不由自主地望着他,并非期盼他的歌,只是下意识的。他的面容看起来非常动人,充满了感情,充满了灵性,充满了某种不寻常的温柔。

接着,他就引吭高歌了起来,在这以前,我们从不知道他有这么好的歌喉,那支歌我们都没有听过,动人极了,有撼人心魄的力量,一开始就把我们都震撼住了。歌词是这样的:

  有人告诉我,
  这世界属于我,
  在浩瀚的人海中,
  我却失落了我。

  有人告诉我,

欢乐属于我,
走遍了天涯海角,
所有的笑痕里都没有我。

有人告诉我,
阳光普照着我,
我寻找了又寻找,
阳光下也没有我。

我在何处?何处有我?
谁能告诉我?
我在何处?如何寻觅?
谁能告诉我?
谁能告诉我?
谁能告诉我?

  他的歌声里带着那么强烈的感情和冲击的力量,我们都听呆了。最后那一连三声"谁能告诉我?"一声比一声的力量强,一声比一声的声调高亢,那样豪迈,又那样苍凉地在水面荡开来,又在山谷间回荡。我们屏住气息,谁也说不出话来,仿佛他的歌是什么魔法,把我们都禁住了,好半天,无事忙才迸出一声大叫:"好歌!"
  于是,我们都鼓起掌来,叫着,喊着,有一种大发现般的兴奋，有一份莫名其妙的激动，整个人群都陷在骚动中，小船上的人往大船上爬，大船上的人跑前跑后，把柯梦南包围在人群中间。这一场骚动足足持续了十分钟，大家才逐渐安静了。柯梦南摆脱了我们的围绕，一个人走到船头去坐了下来，船已经漂出了山的阴影，而暴露在月光下，他整个人都浴在月光之中，面容有激动后的平静，几乎是一种肃穆的表情。那时，他在我们的眼光中，已不是一个人，而是一个神了。

何飞飞挤到前面去，满脸感动地问："谁教你唱这支歌？"

"没有人教我。"柯梦南轻轻地说。

"谁作的词？"紫云问。

"我。"他简单地回答。

"谁作的曲？"何飞飞问。

"也是我。"

大家静了静，有点怀疑，有点不信任，却有更多的崇拜。

而他坐在那儿，很安详，很宁静，脸上没有丝毫的骄矜，仿佛他自己作词和作曲都是一件很自然的事情。月光在他面庞的凸出部分镶上了一道银边，他浑身都带着感情，这感情充沛得似乎他一身都容纳不了，而从他的眼底唇边满溢了出来。

我悄悄地走开了，那歌词和歌声那么令我激动，这月光和夜色又如此令我感动，我不知怎么竟想流泪，非常想流泪。

我独自走向船尾，坐在那儿，呆呆地望着水面星星点点的反光，眼睛里湿漉漉的。我的身后，大家仍然围绕着柯梦南问长问短，是一片喜悦的、热情的、激动的喧哗之声。

然后，柯梦南又开始唱歌了，这次是一支很缠绵、很温柔的歌，他的歌喉很富磁性，咬字也很清楚，唱起来特别动听，歌词中有几句是这样的：

> 我曾有数不清的梦，
> 每个梦中都有你，
> 我曾有数不清的幻想，
> 每个幻想中都有你，
> 我曾几百度祈祷，
> 祈祷命运创造出神奇，
> 让我看到你，听到你，得到你，
> 让我诉一诉我的心曲，我的痴迷。
> 只是啊，只是——你在哪里？

我轻轻地拭去了滚落在颊上的一颗泪珠。谁是他歌中的那个"你"？谁是？那该是个幸运儿，该是个值得羡慕、值得嫉妒的人，不是吗？只是啊，只是——她在哪里？

柯梦南的歌赢得了一片疯狂的掌声，大家的热情都被他勾了起来，大家叫着、喊着、闹着，一直到撑船的老船夫严正地提出抗议，说我们要把船弄翻了。

那晚接下来的时光都充满了欢愉，充满了热情和喜悦。柯梦南唱出了瘾，何况又有那么多的知音在欣赏，在鼓掌，在期盼。他唱了许多支歌，有现成的，有他自己编的。后来我们知道他有多方面的音乐天分，除了唱以外，他还会钢琴、吉他和口琴。那晚他唱得非常开心，唱得山都醉了、月都醉了、水都醉了。最后，碧潭的游人都散了，水面上就剩下我们这一组人，我们也唱起来了，唱了一支非常孩子气的歌：

当我们同在一起，
在一起，在一起，
当我们同在一起，
其快乐无比！
你对着我笑嘻嘻，
我对着你笑哈哈，
当我们同在一起，
其快乐无比！……

第五章

每次在欢愉的倦游之后回到家里,总对妈妈有种抱歉的情绪,我是那样地怕孤独和寂寞,难道妈妈不怕?尤其是晚上回家的时候,不论多晚,妈妈总在灯下等着,永远是那样一幅画面,书桌上一灯荧荧,妈妈戴着她的近视眼镜,在灯下批改她学生的作业本。一本,一本,又一本,红墨水、笔记簿、教科书,就这样地带走妈妈的岁月,一年,一年,又一年。童年的时期,我是懵懂的,我不大能体会妈妈的寂寞和悲哀。而今,我大了,我虽能体会,却无法弥补妈妈生活里的空虚,甚至于,连多留一点陪伴她的时间都很难,只为了我的自私,世界上没有几个儿女的爱是可以和母亲的爱来对比的。

"妈!"走进妈的房间,抛下了手提包,我有欢愉后的疲倦,"你在等我?"

"不，"妈妈望望我，带着股省察的味道，"我有这么多本子要改，反正不能早睡。"

"等我毕业了，妈就别教书了，我做事来奉养你。"我笑着说。

"那我做什么呢？"妈淡淡地问，"不做事在家当老废物吗？我可不愿意。"

"妈是劳苦命，永远闲不下来。"我说，滚倒在妈的床上，慵懒和困倦立即从四肢往身体上爬，眼睛沉重得睁不开来。伸展着双手和双腿，我眯着眼睛注视着天花板，那上面有着吊灯的影子，模糊而朦胧。

"玩得开心吗？"妈走了过来，坐在床边上，摩挲着我的手，深深地望着我。

"很开心，妈妈。"

"有知心的男朋友了？"妈不在意似的问，把我额前的一绺短发拂到后面去。

"有。"

"告诉我。"

"有好多。"

"傻瓜！"妈说。

我跳起来，揽住妈的脖子，亲她，吻她。

"妈，"我说，"我好爱好爱你，你爱我吗？"

"傻瓜！"妈又说，"在外面人模人样的，回到家里来就变成只有三岁大了。"

"你宠的,妈。你惯坏了我,你知道?"

"怎么?"

我坐起来,屈起膝,用手抱住腿,把下巴放在膝盖上,沉思了一会儿,我说:"我想我不会恋爱。"

"为什么?"妈似乎有些吃惊。

"我梦想得太多,我需要全心全意的关怀。我理想中的男人是个很不可能有的人物,是要有深度的,又要风趣的,要是解人的,又不乏味的,而且,还要他是疯狂地爱我的,还要是——有才气的!"

"太贪了,蓝采。"妈说,"你常玩的那一群里有这样的人吗?"

"没有——"我忽然顿了一下,真的没有吗?我有点困惑,有点迷茫,"我是说——多半没有。"

"那么,或者也有了?"妈问,凝视着我的脸。

"我不知道,妈。"我忽然有些心烦意乱起来,为什么?我似乎失去了一向的平静和安详,"妈,你为什么和爸爸离婚?"

"哦,"妈有些意外,仿佛遭遇到一下突然的攻击,"因为我和他在一起不快乐。"她停了停,轻轻地咬了一下嘴唇,她的眼睛里突然飞来两片阴影。好半天,她才文不对题地说了一句:"蓝采,什么都是不重要的,只要你跟他在一起快乐,只要他是真心爱你,你也真心爱他,这就是一个最好的婚姻物件了。记住我一句话,蓝采,婚姻中最忌讳的，是第三者的影子。你的爱人必须整个是你的，你们才可能有幸福，懂吗？"

"不太懂，妈。"

妈妈站起身来，走到桌边去翻弄着未改的练习本，没有看我，她轻轻地说："你爸爸心里始终有另外一个女人。"

我怔住，妈很少和我谈爸爸的事，这是一个我所不知道的故事。

"告诉我，妈妈。"

"你该去睡了。"妈抬起头来，匆匆地说，"你明天早上不是还有课吗？"

"但是，告诉我，妈妈，那个女人是谁？"

妈妈望了望我，欲言又止，我静静地看着她，终于，她说了出来："是你的阿姨，我的亲姐姐。"

"那他为什么当初不娶她呢？"

"因为她死了，"妈妈注视着台灯，"得不到的往往是最好的。"

这是一个很简单的故事，很简单的婚姻悲剧。我呆呆地坐在那儿，妈妈的影子被灯光射在墙上，瘦长而孤独，我心中涌起一股说不出来的情绪，酸酸的，涩涩的。好一会儿，妈妈忽然回过头来望着我："你怎么还不去睡觉，蓝采？快去吧！"我从床上站了起来，顺从地走向门口，到了房门口，我又站住了，回过头来，我问："还有一句话，妈妈，你爱不爱爸爸？"

妈妈望着我，眼光里有着深刻的悲哀。

"我如果不爱他，怎会嫁给他呢？"

"可是——"我愣愣地说，"那你为什么要离婚？"

"你不懂，蓝采，长期去和一个看不见的第三者竞争太苦了，而且，同床异梦的生活比离婚更悲哀。婚姻是不能错的，一开始错了，就再也不能挽回了。"

"可是——妈妈！……"

"你这孩子今天怎么了？"妈妈忽然醒悟到什么似的说，"干吗一直问个不停？"她探索地研究着我，"你们今晚到哪儿去玩了，还是那个姓谷的家里吗？"

"你说谷风？不是的，我们到碧潭去了。"

"怎么玩的？"

"划船，唱歌。"

"那——那个谷风，人很风趣吧？"

"噢！"我叫了起来，"好妈妈，你想到哪儿去了？谷风和怀冰才是一对呢，我打包票他们今年会订婚。"

"那么，那个祖——祖什么？"

"祖望！"我打鼻子里哼出一口长气，"他正在追求彤云，不过，紫云好像也蛮喜欢他的！"

"那么，那个瘦瘦的、姓吴的呢？"妈妈挖空心机思索着我们那个圈圈中的名单。

"是无事忙吗？"我笑了，"他倒蛮好玩的，就是有点像个小丑！"

"那么，你们有什么新朋友加入了吗？"

"噢！"我喉咙里哽了一下，跑过去，我亲了亲妈妈，笑着说，"好妈妈，你想发掘什么秘密吗？你像审犯人似的！再见，妈妈，我可真要睡了。"

抓起我丢在妈妈桌上的手提包，我向门口跑去，妈妈带着个深思的微笑目送着我。我带上了妈妈的房门，走向自己的卧室。扭亮了台灯，我开始换睡衣，一面换，一面轻轻地哼着歌儿，哼了好半天，我才发现我哼得很不成调儿，而且，发现我哼的句子居然是：

> 我曾有数不清的梦，
> 每个梦中都有你，
> 我曾有数不清的幻想，
> 每个幻想中都有你，
> 我曾几百度祈祷，
> 祈祷命运创造出神奇，
> 让我看到你，听到你，得到你，
> 让我诉一诉我的心曲，我的痴迷。
> 只是啊，只是——你在哪里？

我猛然停住了口，从镜子中瞪视着自己，我看到一张困惑的脸，有着惊愕迷茫的眼睛和傻愣愣、微张着的嘴。

第六章

秋天不知不觉地来了。

那天,我们又在谷风家里聚会。我到晚了,我到的时候其他的人都到齐了。何飞飞正在人群中间,不知道为什么笑得前俯后仰。柯梦南坐在一个角落里在弹吉他,水孩儿坐在他身边和他低低地谈着什么。三剑客他们跟纫兰、美玲、紫云、祖望等正谈得高兴,到处都是闹哄哄的,充满了一片欢愉。我一走进去,彤云就向我走了过来,拉拉我的衣服说:"蓝采,我有事情要和你商量。"

我们走出了客厅,来到花园里的喷水池旁,彤云低垂着头,显得一副心事重重的样子,好半天,才说:"蓝采,你帮我拿拿主意,祖望最近缠我缠得很紧,你说怎么办好?"

"恭喜恭喜,"我笑着说,"什么怎么办?你请我们吃糖不就好了！"

"别说笑话，人家跟你谈正经的，"彤云皱了皱眉头，"你一定知道的，我对祖望……"她有些不知从何说起才好，坐在喷水池的边缘，她看起来非常烦恼，"我想我并不爱他。"

"怎样？"

"事实上，紫云比我喜欢他。"

我心头一震，不由自主地想起了妈妈的故事，拉着彤云的手，我说："别把恋爱当儿戏，你们姐妹一定要把感情弄弄清楚，爱人不像衣服一样，姐妹两个可以混着穿的。"

"我知道，"彤云急急地说，"所以我很烦。"

"但是，你也不必因为紫云喜欢他，你就想避开呀，"我说，"那可能造成更大的悲剧。"

"你不懂，"彤云说，"我真的并不爱祖望，他是个老实人，是个忠厚人，但并不是我理想中的爱人。他太温文了，不够活泼，不够出众。你明白吗？"她望着我，眼睛里充满了复杂的感情。"我想，我很肤浅，我比较崇拜英雄。"

"你肯定你不爱祖望？"我问，"你以前不是说过还喜欢他吗？"

"那是以前，"她垂下了眼帘，低低地说，"而且，喜欢和恋爱是不同的，那完全是两种感情。"

"那么，"我说，"你还是坦白告诉祖望，绝了他的念头吧！"

我忽然醒悟到什么，望着彤云，我问："你是不是另外爱上了谁？"

她仿佛震动了一下，瞪了我一眼说："别胡扯了！哪有那么容易就爱上人呢！"从喷水池边站了起来，我们向客厅门口走去，一边走，彤云一边问："你说，蓝采，我要不要告诉紫云？"

"我想——"我沉思了一下，"你就告诉她你不爱祖望就行了！别让她误解你是因为她而怎么样的。假若你和祖望真的吹了，我希望紫云和祖望能够成功，其实他们也是蛮好的一对，紫云很温柔，又很多情。"

"我也是这样想。"彤云说。

我们回到了客厅里，在人群中坐了下来，祖望的眼光已经敏锐地扫向了我们，显然他在人群中搜寻彤云已经很久了。

紫云在和三剑客开玩笑，但，她的眼光也对我们转了转，又很快地飘向祖望。这是一幕无声的默剧，我目睹这一切，心中浮起一股说不出来的隐忧。真的，像何飞飞所说，谁知道若干年后，咱们的戏会演成怎样的局面？

三剑客之一的小张正在室内高谈阔论，谈他追求一个女孩子的经过，我们进去的时候，他已经叙述到最高潮:"……我最后一次去找她,心想不能像以前那种方式了,必须出奇制胜,谁知仍然出师不利,我见了她之后,两个人总共只讲了三句话……"他咽住了,两条向下垮的眉毛皱拢在一起,刚好是个规规矩矩的"八"字。何飞飞催着说:"哪三句话?别卖关子,快说。然后让我们帮你检讨一下,错误出在什么地方?"

"我第一句话呀,"小张慢吞吞地说,"是用眼睛说的,我给了她一个深情的注视。我第二句话呀,是用嘴唇说的,我给了她闪电的一吻。她回复了我第三句话,是用手说的……"他拉长了声调,愁眉苦脸地说,"她给了我一个狠狠的耳光!"

大家哄堂大笑起来,笑得腰都弯了,笑得肚子痛,笑得眼泪直流。只有小张自己和何飞飞两个人不笑,小张是故意做出一股失意的样子来,何飞飞则一本正经地追问:"然后呢?然后呢?"

"然后?还有然后呀?"小张吼着说,"然后我就捂着脸跑了!难道还站在那儿等她的第四句话吗?"

大家又笑了起来,笑得天翻地覆,笑得不亦乐乎,小张在大家的笑声中,直着喉咙喊:"我告诉你们这么悲惨的故事,你们怎么丝毫不同情,反而笑个不停呢?简直不是朋友!简直不是朋友!"

他越喊,大家就越笑,好不容易才笑停了。何飞飞已经在转着眼珠想新花样了:"别笑了,别笑了,我们来玩个什么游戏好吧？"

"我们来接故事吧。"柯梦南说，仍然拨弄着吉他，伸长着腿，有股悠闲自在的味儿。

接故事是由一个人起句，然后绕着圈子轮流接下去，一人说一句，接成一个故事，这是我们常玩的一个游戏，常常会接出许多意料之外的故事来。何飞飞歪着头想了想，说："变点花样吧，我们这次接故事，每句话的最后一个字要和前一句最后一个字叶韵，像作诗一样，否则太简单了，也玩腻了。"

"我退出，"小俞首先反对，"什么叫'韵'我都不懂，这不是游戏，简直是难为人嘛！"

"我也退出，"无事忙说，"我学的是数学，不是文学。"

"这倒很别致的。"水孩儿说，"我觉得不妨接一个试试，不必太严格，只要叶韵就行了。"

"我也赞成，说不定很有趣。"紫云说。

"不成，不成，我退出。"小俞喊。

"什么退出？"何飞飞凶巴巴地瞪着他，"不许退出，谁要退出就开除他！"

"姑且接一个试试看吧！"柯梦南打圆场，他的声音不高不低的、从从容容的，却平息了满屋子的争论。

"谁开始第一句？"彤云说，"蓝采，你起头吧，最后一个字注意一下，要选同韵的字多的才行。"

我看看窗外，有风，秋天的晚上，还有点凉意，于是，我起了第一句："窗外吹起了秋风。"

我下面轮到小张接，他涨红了脸，抓耳挠腮地念着："风，风，风，什么字跟风字是叶韵的？有了！"他如获至宝地大声念："我看到一只蜜蜂。"

"胡闹！"何飞飞叫，"秋天哪里有蜜蜂？而且和头一句完全接不到一块儿。"

"就算他可以吧，"祖望说，"下面是彤云了。"

彤云想了想，说："嗡嗡嗡。"

"这是什么玩意儿？"小俞问。

"蜜蜂叫呀！"彤云说，"该何飞飞了。"

"震得我耳朵发聋。"何飞飞笑着说。

"什么，一只蜜蜂就把你的耳朵震得发聋了？"小魏大叫，"你这是什么耳朵？"

"特别敏感的耳朵。"何飞飞边笑边说，"别打岔，该无事忙接了。"

"我投降，"无事忙说，"我接不出来！"

"不许投降！"何飞飞叫，"非接不可！"

"那么——那么——那么——"无事忙翻着白眼，面对着天花板，突然灵感来了，大声说，"我就运起了内功。"

"噗"一声，小魏正喝了一口茶，喷了一地毯的水，大家都笑了起来，小魏被水呛着了，一边笑，一边咳，一边说："我的天呀，被一只蜜蜂震得耳朵发聋，还要运起内功来抵抗，这个人可真有出息。"

"你别笑,就该你接了。"何飞飞说。

"涨得我满脸发红。"小魏说。

"气得我发疯。"小何接。

大家又笑了,七嘴八舌地研究这只蜜蜂怎么会如此厉害,下面该水孩儿接,不料她竟接出一句:"于是我大喊公公。"

"什么?"何飞飞问,"喊公公干吗?"

"帮忙对付大蜜蜂呀!"水孩儿说。

大家已经笑成一团了,笑得气都出不来,一边笑,一边接了下去:"公公说:'原来只是一只小虫,你真是饭桶!'"老蔡接的。

"我一听,气得全身抖动,大叫'不通!不通!'"祖望接着说。

该柯梦南了,他慢慢地在吉他上拨了拨,说:"'公公,你怎么帮小虫?你居然比小虫还凶!'"

"哎哟,不行不行,我笑得出不来气了。"纫兰叫着,滚倒在水孩儿身上,水孩儿抱着她,把头埋在她衣服里,两人笑成一堆。何飞飞笑得摔倒在地毯上了,彤云弄翻了茶杯,祖望打翻了瓜子盘,一时间,摔了的,折了腰的,叫肚子痛的,喘不过气来的,乱成了一团,叫成了一团,笑成了一团。

好不容易,大家笑停了,下面该小俞接,他面红耳赤地说:"'我要把你一刀送终!'"

"把谁送终?"祖望问。

"公公呀!"小俞说,"他比小虫还凶嘛!"

大家又笑,何飞飞嚷着说:"我不行了,我笑得肚子痛了,谁有散利痛,我受不了!骨稽得要死掉了!"

大概是这句话给了纫兰灵感,她接着说:"公公说:'慢来,慢来,让我先吃片散利痛!'"

"什么?"小俞喊,"我看这一老一小都是神经病院里逃出来的呢!居然要先吃散利痛再来挨刀子!"

大家都已经笑得话都说不清楚了,一面笑,一面胡乱地接了下去:"我发现公公原来是个老颠东。"

"真是太没用。"

"我就向前冲。"

"只听到一片声音:'碰碰碰!'"

"我的刀子不管用。"

"反而被公公打得浑身发痛。"

"还大骂我是不良儿童。"

"我只好跪在地当中。"

"哭得个泪眼蒙眬。"

"那时候天色忽然变得烟雨蒙蒙。"

该何飞飞了,她边笑,边喘气,边说:"从窗口爬进了一条大恐龙!"

"胡闹!胡闹!胡闹!"大家笑着叫,"这是什么故事,简直不像话!乱接一气,真是乱接一气,原来的蜜

41

蜂到哪儿去了？现在怎么恐龙也出来了！"

这故事接到这儿已经完全不像话了，真冤枉我一开始起的头，"窗外吹起了秋风"会带出这么一个荒谬的故事，真是出人意表。何飞飞这只恐龙一出来，大家更接不下去了，结果，还是柯梦南不慌不忙地接了一句："这一惊吓醒了我的南柯一梦！"

谁都没想到他会接出这么一句来，很技巧地结束了这个故事，而把整个荒谬的情节都变成了一个梦。更技巧的是，他把自己的名字嵌了进去，大家会过意来，不禁都拍着手叫好。

柯梦南笑了笑，没说什么，他开始弹起吉他，唱起一支歌来。

那是一支很细致很缠绵的抒情歌，大家本来都笑得过了火，是很需要调剂一下了，他的歌把我们带进了另外一个境界，大家都自然而然地安静了。坐在那儿，入迷地听着他的歌声，他唱得那样地生动、那样地富有情感，我们都听得出神了。

他的歌唱完了，大家爆发地响起一阵掌声。水孩儿不声不响地走到我的身边坐下，对我低低地说："蓝采，你觉不觉得，我们这圈圈里有一半的女孩子都对柯梦南着迷了？"

我心里一动，望着水孩儿那张姣好的脸，如果有一半女孩子倾心于柯梦南，恐怕也起码有一半男孩子倾心于水孩儿吧！

"包括你吗？"我笑着问。

"我？"水孩儿对我笑笑，反问了一句，"你看像吗？"

"有一点儿。"我说。

"算了吧！"她摇了摇头，"我不爱凑热闹！"

"什么热闹？"何飞飞抓住了一个话尾巴，大声地插进来问，"我可最爱凑热闹了，有什么热闹，告诉我，让我去凑！"

我和水孩儿都笑了，水孩儿拉过何飞飞来，拧了拧她的脸说："你要凑吗？这热闹可是你最不爱凑的！"

"真骨稽！"何飞飞大叫，"任何热闹我都要凑，连癞蛤蟆打架我都爱看！"

"你真要凑这个热闹吗？那么我告诉你吧！"水孩儿拉下何飞飞的身子，在她的耳朵边叽咕了两句，话还没说完，就听到何飞飞的一声大吼："胡说八道！"

水孩儿笑弯了腰，大家都注意到我们了，柯梦南放下吉他，抬起头来问："你们在笑什么？"

"水孩儿告诉我说……"何飞飞大声地说着，水孩儿急得喊了一声："何飞飞！别十三点了！"

"好呀！"无事忙叫，"你们有秘密，那可不成，赶快公开来，水孩儿说些什么？"

"她说……她说……"何飞飞故意卖关子，一边笑，一边拉长了声音，"她说——她爱上了一个人！"

水孩儿跳了起来，做梦也没想到何飞飞表演了这样一手，不禁涨得满脸通红，又急又气，嘴里嚷着："何飞飞，你少鬼扯！"

但是，男孩子们开始起哄了，翻天了，又叫又嚷，要逼何飞飞说出是谁来。何飞飞则笑得翻天覆地，捧着肚子叫："哎哟！真骨稽，骨稽得要死掉了！"

"你别死掉，"无事忙说，"先告诉我们她爱上的是谁？"

"是——是——"何飞飞边笑边说。

"何飞飞，"水孩儿越急越显得好看，脸红得像谷风花园中的玫瑰，"你再要胡说八道，我可真要生气了。"

男孩子们起哄得更厉害，逼着何飞飞说，何飞飞笑得上气接不了下气，终于说了出来："是——是——是她爸爸！"

水孩儿吐出了一口长气，一脸的啼笑皆非。男孩子们气得吹胡子瞪眼睛，指着何飞飞又笑又骂，整个客厅里乱成一团。何飞飞又滚倒在地毯上了，抱着个靠垫直叫哎哟，一迭连声地喊："哎哟，真骨稽！哎哟，真骨稽！哎哟，真骨稽！"

"什么中国鸡，外国鸡，乌骨鸡的！"无事忙骂着说，"何飞飞，你这样捉弄人可不行，非罚你一下不可！"他回头望着大家说："大家的意见怎么样？"

"对！对！对！"大家吼着。

"罚我什么？"何飞飞平躺在地下，满脸的不在乎。

"随你，"无事忙说，"爬三圈，接个吻，都可以！"

"接个吻，和谁？"何飞飞从地上一跃而起，大感兴趣地问。

"和我！"无事忙存心要占便宜。

"好呀！"何飞飞真的跑过去，一把揽住他的脖子，却歪着头先打量了一下他说，"奇怪，你怎么长得不像个人呀，我从来不和动物接吻的！"

"去你的！"无事忙气得大骂着推开她。

何飞飞笑着一个旋转转了开去，她刚好转到柯梦南身边，停了下来，她弯下腰，毫不考虑地在柯梦南的面颊上吻了一下，抬起头来说："还是你长得像个人样！"

大家鼓起掌来，柯梦南有些发窘，他仍然不习惯于过分地开玩笑。望着何飞飞，他摇摇头说："何飞飞，什么时候你才能有点稳重样子呢！"

"等你向我求婚的时候！"何飞飞嬉皮笑脸地说。

大家都笑了，柯梦南也笑了，一面笑一面不以为然地摇着头。何飞飞早已一个旋转又转开了，跑去和紫云、彤云抢牛肉干吃。

就是这样，我们在一块儿，有数不清的欢笑和快乐，但是，谁又能知道，在欢笑的背后藏着些什么？

第七章

妈妈总说我是个梦想太多的女孩,虚幻而不务实际。我自己也有这种感觉,我常常会陷进一种空漠的冥想里,一坐数小时,不想动也不想说话。那年冬天,这种陷入冥想的情况更多了,我发觉我有些消沉,对什么都提不起劲来。我无法确知自己是怎么回事,一切都令我心烦,令我厌倦,连圈圈里的聚会,都不能引起我的兴趣了。

我把这种消沉归之于天气不好和下雨,那正是雨季,雨已经一连下了一个多月了。我自称这是"情绪的低潮",认为过一阵就会好了,可是,过了一阵,我还是很不快乐。

妈妈为我非常担忧,不止一次,她望着我说:"你是怎么了,蓝采?"

"没有什么,妈妈,只是因为天下雨。"

"天下雨会让你苍白吗?"妈妈说,"告诉我吧,你有什么心事?"

"真的没有,妈妈。"

"可是,我好久都没有看你笑过了。"妈妈忧愁地说,"而且,你也不对我撒娇了,我知道一定发生了什么事情,只是你瞒着我。"

"我发誓没有,妈妈。"我说,勉强地笑了笑,"你看我不是笑得蛮好吗?"

"你笑得比哭还难看呢!"妈妈凝视着我,"我觉得你是想哭一场呢!"

不知怎么,给妈妈这么一讲,我倒真的有些想哭了,眼圈热热的,没缘由的眼泪直往眼眶里冲。我咬了咬嘴唇,蹙紧了眉头,说:"别说了,妈,我不知道自己是怎么回事,我只是有些心烦。你别管我吧,妈妈。"

"我怎么能不管你呢!"妈妈看来比我还烦恼,"除了你我还有什么,我一生最大的愿望就是希望你过得快乐呀!"

"噢,妈妈!"我喊,眼泪终于冲出了眼眶,用手揉着眼睛,我跺了一下脚说:"你干吗一定要逗我哭呢!"

"好了,好了,是我不好,"妈拍着我的肩膀说,"又变成小娃娃。别哭了,去休息吧。我只是希望你快快活活的。好了,好了。"

给妈妈一安慰,我反而哭得更凶了,把头埋在妈妈怀里,我像个小孩一般哭得泪眼婆娑,妈妈也像哄孩子一样拍抚着我,不断地、喃喃地说些劝慰的话。好半天,我才停止了哭,坐在妈妈的膝前,我仰望着她,她的脸在我潮湿的眼光里仍然是朦朦胧胧的,但她的眼睛却是那样清亮和温柔。我忽然为自己的哭不好意思起来,毕竟我已经二十岁了呢!于是,我又带着些惭愧和抱歉的心情笑了起来。

我的哭和笑显然把妈妈都弄糊涂了,她抚摩着我的脸,带着个啼笑皆非的表情说:"你这孩子是怎么了嘛,又哭又笑的!"

是怎么了?我自己也不知道。那一段时间里,就是那样没缘由地烦恼,没缘由地流泪,没缘由地消沉,没缘由地要哭又要笑。

一连两次,圈圈里的聚会我都没有参加,没什么原因,只是提不起兴致。然后,怀冰来了,一进门,她就拉着我的手,仔细地审视着我的脸说:"你怎么了?"

怎么又是"怎么了"?怎么人人都问我"怎么了"?

"没什么呀!"我笑笑说。

"那么干吗两次都不来?你不来,有人要失望呢!"

"别胡说。"

"真的有人失望呢,"怀冰笑着,在我卧室的床沿上坐下来,"有人一直向我问起你。"

"谁?"我问。

"你关心了?"怀冰挑起了眉毛。

"别开玩笑,爱说不说!"我皱皱眉,"你也跟着何飞飞学坏了。"

"那么你不想知道是谁问起你呀!"

"是你不想说呀!"

"告诉你吧,"怀冰歪了歪头,"是柯梦南。"

我的心脏突然不受控制地乱蹦了几下,我想我的脸色一定变白了。

"乱讲!"我本能地说。

"乱讲的不是人。"怀冰说。

"他——怎么问的?"我望着窗子,从齿缝里低低地说。

"你'又'关心了?"怀冰的语气里充满了调侃。

"不说拉倒!"我站起来,想走。

"别跑!"她拉住我,"他呀,他一直问,蓝采到哪里去了?蓝采怎么不来?蓝采是不是生病了?他还问我你的地址呢!"

我看着窗子,我的心还是跳得那么猛,使我必须控制我的语调。轻描淡写地,我说:"这也没有什么呀,值得你这么大惊小怪!"

"好,好,没什么,"怀冰仰躺在我床上说,"算我多管闲事!简直是狗咬吕洞宾!"沉默了一下,她又叫:"蓝采!"

"怎么?"我走过去,坐在床沿上望着她。

"谷风说希望和我先订婚,你觉得怎样?"她望着天花板说。

"好呀!"我叫,"什么时候订婚?"

"别忙,"她说,"我还没答应呢。"

"为什么?"我有些诧异,"你们从高中的时候就相爱了,依我说,早就该订婚了。"

"本来是这样——"她怔了怔,说,"不过,这段婚姻会不会幸福呢?"

"你是怎么了?"我纳闷地说,"难道你不爱他?"

"我不爱他?!"她叫,眼睛里闪着光彩,脸颊因激动而发红,"我怎么会不爱他?从十五岁起,我心里就只有他一个人了,我怎么可能不爱他呢!"

"那么,你担心些什么?"

"我妈妈总对我说,选一个你爱的人做朋友,选一个爱你的人做丈夫。"她慢吞吞地说。

我"噗"一声笑了出来,拉着她的手说:"原来你有了丈夫还不够,还想要个男朋友!"

"别鬼扯了!"她打断我,"人家来跟你谈正事嘛!"

"你的事根本没什么可谈的,你爱谷风,谷风爱你,性情相投,门当户对,我不知道你在考虑些什么。"

"我只怕我太爱他了,将来反而不幸福。"她说,面颊红艳艳的,说不出来有多好看。她并非担心不幸,她是太幸福了,急得要找人分享。"你瞧,我平常对他千依百顺,一点也不忍心违逆他……"

"他对你又何尝不是!"我说。

"是吗?"她望着我,眼睛里的光彩在流转。

"你自己最清楚了,反而要来问我,"我笑着说,揽住了她的肩,"别傻了吧,怀冰,你选的这个人又是你爱的,又是爱你的,你正可以让他做你的丈夫,又做你的朋友,这不更理想了吗?"

"真的,"她凝视着我,带着个兴奋的微笑,"你是个聪明人,蓝采。"

"是吗?"我笑笑。

"好了,给你这么一说,我就放心了,"她开心地说,"但愿每个人都能得到每个人的那份爱情,蓝采,你可别失去你的那一份呀!"

"我没有爱上谁呀!"我说。

"你会爱上谁的,我知道。"

"你才不知道呢!"

"我知道。"她站起身来,"我要走了,蓝采。告诉你一句话,别躲着大家,我们都想你呢!"

"真的吗?"

"怎么不是真的,我们前几天还谈起呢,大家公认你是最奇怪的一个人,外表很沉默,可是,谁跟你接近了,就很容易地要把你引为知己。柯梦南说,你像一支红头火柴，碰到了谁都会发光发热。"

我一震，身体里似乎奔窜过一阵热流。怀冰走向了房门口，我机械地跟着她走过去。她拍了拍我的肩膀，说："下星期日下午，我们在谷风家碰头！"

她走了。我倚着窗子站在那儿，窗外还是飘着雨丝，薄暮苍茫，雨雾迷蒙。我站了好久好久，忽然觉得雨并不那么讨厌了。

第八章

星期日，我准时到了谷风家里。

天还是下着雨，而且冷得怕人，可是谷风家里仍然高朋满座。最吸引人的，是客厅中那个大壁炉，正熊熊地烧着一炉好火，几乎二分之一的人都坐在壁炉前的地毯上，完全是一幅"冬日行乐图"。我一走进去，何飞飞就跳了起来，说："哈，蓝采，你成了稀客了。"

"怎么回事？"紫云也走过来问，"生病了？"

"是好像瘦了一点。"小俞说。

"而且脸色也不好。"祖望接口。

"坐到这儿来，蓝采，靠着火暖一点。"纫兰丢了一个靠垫在壁炉前，不由分说地拉着我过去。

"也别太靠近火，有炭气。"彤云说。

大家你一句我一句地包围着我，简直没有给我说话的机会。头一次,我发现大家对我这么好、这么关怀,竟使我感动得又有些想流泪了。他们拥着我,七嘴八舌地问候我,俨然我生了场大病似的,我私心里不禁喊了声惭愧,甚至很为自己没有真的病一场而遗憾。好不容易,我总算坐定了,水孩儿又拿了条毯子来,坚持要盖在我膝上,我不停地向她解说:"我根本没有什么,我实在没生什么病……"

"别说了,"水孩儿打断我,"看你那么苍白,还要逞强呢!还不趁早给我乖乖地坐着。"

看样子,我生病早已经是"既成事实",完全"不容分辩"了。我只好听凭他们安排,靠垫、毛毯、热水袋全来了,半天才弄清爽。我捧着热水袋,盖着毯子坐在那儿,浑身的不自在,何飞飞笑着说:"这可像个病西施了。"

一直没有听到一个人的声音,我抬起头来,不由自主地在人群里搜寻,立即,像触电一般,我接触到了他的眼光,他坐在较远的沙发里,伸长着腿,一动也不动。但是,他那对炯炯有神的眸子却一瞬也不瞬地凝视着我。

我在那灼热的注视下低垂了头,大概坐得离火太近了,又加上热水袋和毯子什么的,我的脸开始可怕地发起烧来。我听到室内笑语喧哗,我听到何飞飞在鼓动大家做什么"三只脚"的游戏,但是我的脑子里昏昏沉沉的,对这一切都无法关心,脑子里只浮动着那对炯炯有神的眸子。

何飞飞和小俞他们开始玩起"三只脚"来，他们两个人站在一排，何飞飞的右脚和小俞的左脚绑在一起，成为一组，另一组是谷风和怀冰。站在客厅一堵墙边，他们两组开始比赛，向另一堵墙走去。大家欢呼着、叫着、吼着，给他们两组加油，但是，都没有走到一半，不知怎么，两组竟相撞了。只听到一片摔跤之声，大家摔成了一团，而旁观者笑成了一团。接着，大家都参加了游戏，变成五六组同时比赛。但，柯梦南还坐在那儿，他的眼光空空茫茫地望着窗外。

像一阵风般，何飞飞卷到柯梦南的身边，不由分说地拉着他的手："站起来，你这个大男人！坐在这儿干吗，起来！跟我一组，小俞不行，笨得像个猪！"

柯梦南无可奈何地站了起来，参加了游戏，满屋子的笑闹、尖叫、扑倒的声音。我默默地望着炉火，火焰在跳动着，木柴发出"啪"的响声，我有些神思恍惚，不知不觉地又陷进了空漠的冥想之中。

"还不舒服吗？"水孩儿走到我旁边坐下。

"根本没有不舒服。"我说。

"现在你的脸红了，有没有发烧？"

"火烤的。"

她看看正在游戏的人群，用手托着腮，也不知不觉地看得出神了，好半天，她轻轻地说："他多帅啊！"

"你说谁？"我问。

"柯梦南。"

我看着她，她也看着我，她的眼睛里有着笑意，仿佛她知道了什么秘密一般，我有些不自在起来。

"你爱上他了？"我问。

她耸耸肩，对我含蓄地一笑。

"记得吗？"她说，"我说过的，我不爱凑热闹。"

一声尖叫，我们都抬起头来，是何飞飞，她已经整个摔倒在地上，正好扑在柯梦南身上，两个人的腿绑在一起，谁都无法站起来。大家起哄了，都不肯去扶他们，反而鼓着掌叫好。何飞飞大骂着说："混蛋！没一个好东西！"

"柯梦南，"小张说，"什么滋味？软玉温香抱满怀？"

何飞飞已经坐了起来，把绑着腿的绳子解开了，听到这句话，她手里的绳子"唰"的一声就扫向小张的脸，小张捧着脸大叫"哎哟"，这一鞭显然"货真价实"，小张的手好半天都放不下来。而何飞飞呢？她笑嘻嘻地把脸凑近小张，唱起一支歌来："我手里拿着一条神鞭，好像是女王，轻轻打在你身上，听你喃喃歌唱！"

这是支牧羊女的歌，小张挨了打不算，还变成了羊了。他气呼呼地把手放了下来，逼近何飞飞，似乎想大骂一番。但是，他面对的是何飞飞那张笑吟吟的脸，甜蜜蜜的小嘴唇和那对亮晶晶、楚楚动人的眸子，他骂不出口了,叹了一口气,他掉转头说:"何飞飞,你真是个最调皮、最可恶、最要命的人!"

"要谁的命啊?"何飞飞问。

"我的命,"小张愁眉苦脸地说,"我发现我爱上你了。"

"好呀!"何飞飞开心地说,"爱我的人也还不少呢!蓝采,"她望着我,"你说我不是值得骄傲吗?"然后,她兴高采烈地叫:"我倒要统计一下,爱我的人举手!"

一下子,不管男男女女,大家的手都举了起来,一个也不缺。何飞飞的大眼睛眨巴眨巴的,轻轻地说:"我要哭呢,我真的会哭呢!"

我站了起来,把她拉到我身边坐下,因为她的眼圈红了,这小妮子动了感情,我怕她真的会"哇"的一声大哭起来,她以前也表演过这么一次,突然动了感情就控制不住了。她顺从地坐在我身边,把头靠在我肩上,一时之间,竟变成个安安静静的小姑娘了。

室内有了几秒钟的寂静,大家都有些动感情。炉火烧得很旺,一室的温暖,一室的温情。然后,柯梦南开始唱起歌来,他是最能体会什么时候该唱的人,他唱得柔和生动,细致缠绵,大家都为之悠然神往。

他唱完了,室内又恢复了活泼。小俞开始大声吹起他追女朋友的笑话了。他们三剑客是经常在外面拦街追女孩子的,对于这个,他们还编了一首中英合璧的小诗:

在家没意思，

出门找 Miss,

Miss Miss Please,

Shut your eyes,

Open your mouth,

Give me a kiss！

何飞飞从我身边跳起来，她动感情的时间已经过去，她又加入大家的高谈阔论了。我也站起身来，走到唱机旁边去选唱片，我选了一张火鸟组曲，坐在唱机边静静地听着。好一会儿，有个人影忽然遮在我面前，我抬起头，是柯梦南。

我们对看了片刻，然后，他说："你喜欢音乐？"

"我喜欢一切美好的东西。"我说，"尤其是能令我感动的东西，一幅画，一首诗，或是一支歌。"

他点了点头，他的眼睛深沉而热烈。半响，他又默默地走开了。

他走到沙发边，拿起了他的吉他。大家都围过来了，知道他要唱，于是，他唱了：

有多久没有听到过你的声音？

有多久没有见到过你的笑影？

有多久没有接触到你明亮的眼睛?
说不出我的思念,
说不出我的痴情,
说不出我的魂牵与梦萦。
暮暮、朝朝、深夜、黎明,
为你祝福,为你歌唱,为你低吟……

我悄悄地关掉了唱机,静静地听着他的歌声,我受不了,我的眼泪已经涌出了眼眶。怎样的一支歌!但是,他为谁而唱?为谁?为谁?为谁?

他的歌声仍然在室内回荡着:

为你祝福,为你歌唱,为你低吟,
暮暮、朝朝、深夜、黎明!

第九章

　　春天来临的时候,怀冰和谷风终于宣布要订婚了。
　　这是我们之间的第一桩喜讯,带给全体的人一阵狂飙似的振奋,恋爱也是具有传染性的,我们不但分润了怀冰和谷风的喜悦,也仿佛分润了他们的恋爱。那一阵子,女孩子们显得特别地妩媚动人,打扮得特别地明艳,男孩子们也围绕着女孩子转,眼光盯着女孩子们不放。一次,水孩儿对我说:"你知道男生们在搞什么鬼吗?"
　　"怎么?"我问。
　　"他们有了秘密协定,把我们女生做了一个分配!"
　　"怎么讲?"我听不懂。
　　"他们规定出谁属于谁的,别人就不可以追,例如纫兰属于三剑客,彤云属于祖望,美玲属于老蔡……全给规定好了。他们还很团结呢,讲明了不属于自己的不追之外，还要帮别人忙呢！"

"哦？"我笑了，"你属于谁呢？"

水孩儿的脸红了红，她是动不动就要脸红的。

"我还没讲完呢，"她说，"他们还定出三个例外的人来，这三个例外的人是谁都可以追的，只要有本事追得上。"

"哪三个？"我感兴趣地问。

"何飞飞、我和你。"水孩儿说。

我有些失笑，想了想，我说："他们的意思是，认为我们三个最难对付？"

"不至于吧！"水孩儿的脸又红了，"你知道在背后他们称我们三个作什么？"

"我不知道。"

"三颗小珍珠。"

我的脸也发起烧来，她们两个倒也罢了，我居然也会忝列其中，实在有些惭愧呢！顿了顿，我说："你怎么会知道这些事的？"

"柯梦南告诉我的。"

"哦？"我怔了怔，"他把男孩子们的秘密都泄露给你吗？他岂不成了男生里的叛徒了。"

"他也不是有意的，只是闲谈的时候谈起来。"水孩儿的眼睛里汪着一潭水，有着流转的醉意。

"哦，是吗？"我淡淡地问，我明白了，懂了。柯梦南和水孩儿，上帝安排得很好，没有比他们更合适的一对了。以柯梦南的飘逸，配水孩儿的雅丽，谁也不会配不上谁。我说不出心中的感觉，冥冥中必定有神灵在安排人世间的姻缘，我服了。只是，我曾经有那么一个很可怜很可怜的梦哩！我该醒了，该醒了。

谷风和怀冰的订婚典礼决定在三月一日，那正是杜鹃盛放的季节。那天中午，他们预定是男女双方家长款待亲友，至于晚上，谷风说："那是属于我们圈圈里的，我们要举行一个狂欢舞会！"

"随便怎么疯，怎么闹都可以！"怀冰接口。

"通宵吗？"小俞问。

"好，就通宵！"谷风豪放地说。

"地点呢？"小张问。

"就在我家客厅里。"谷风说。

"我主张要特别一点才好，"祖望说，"平平凡凡的舞会没有意思。"

"来个化装舞会，怎么样？"何飞飞兴奋地嚷着说，"我每次在电影里看到化装舞会，都羡慕得要死，我们也来举行一个！想想看，大家穿得怪模怪样的，谁都认不出谁是谁来，那才真骨稽呢！"

"化装舞会？"纫兰说，"听起来倒不错，只是不太容易吧！服装啦，面具啦，哪儿去找？"

"嗨！好主意！化装舞会！"小何嚷着，"衣服简单，大家自己管自己的就行了，面具呢——"

"完全由我供应！"谷风说，"我准备几十个不同的面具，先来的人先挑选！"

"如果愿意自备面具的也可以！"怀冰说。

"好呀！化装舞会！"无事忙喊，"这才过瘾呢，我要化装成——"

"一只大苍蝇！"何飞飞接口。

"什么话！"无事忙对何飞飞瞪瞪眼睛，"你还化装成大蚊子呢！"

"我呀！"何飞飞兴致冲冲地转着眼珠，"我要化装成一个青面獠牙的——"

"母夜叉！"柯梦南冲口而出。

"怎么，柯梦南！"何飞飞大叫着，"你也学会开玩笑了？好吧，我就化装成母夜叉，假若你肯化装成无常鬼的话！"

"如果你们一个化装成母夜叉，一个化装成无常鬼，我就化装成牛魔王！"无事忙说。

"那我们三剑客可以化装成牛头马面和——"小何也开了口。

"阎罗王！"小俞说。

"哈！"柯梦南笑了，"我来作一个妖魔进行曲，我们也别叫化装舞会了，就叫作魔鬼大会串吧！"

大家都笑了，一边笑，一边讨论，越讨论越兴奋，越讨论越开心，都恨不得第二天就是谷风订婚的日子。最后，举行化装舞会是毫无异议地通过了。谷风要求大家要化装得认不出本来面目，"越新奇越好"。舞会结束之前，要选举出"化装得最成功"的人来，由未婚夫妇致赠一件特别奖品。

于是，这件事就成了定案，那一阵时间，我们都陷在化装舞会的兴奋里，大家见了面不谈别的，就谈化装舞会，但是大家都对自己要化装成什么样子保密，而热心地试探别人的装束，以避免雷同。

这件事对我而言，是非常伤脑筋的，以我的家庭环境和经济情况来论，一个化装舞会是太奢侈了。我考虑了很久，仍然没有决定自己要化装成什么，无论怎样化装，都需要一笔不太小的款项，而我总不能为了自己的娱乐，再增加妈妈的负担呀！

可是，妈妈主动地来为我解决问题了。

"你在烦恼些什么，蓝采？"妈妈问我。

"没有。妈妈。"我不想使妈妈为我操心。

"化装舞会，是吗？"妈妈笑吟吟地说。

"哦，你怎么知道？"我诧异地问。

"怎么会不知道呢？"妈妈笑得好温柔好温柔，"那天你的那个同学，什么水孩儿还是火孩儿的来了，和你关在房间里讨论了一个下午，左一声化装舞会，右一声化装舞会，叫得那么响，难道我听不见吗？"

"哦,"我眨了眨眼睛,"那么你都知道了?"

"当然。"

"那么我怎么办?"我开始求援了。

妈妈把我拉到她身边坐下,仔细地打量着我,过了好一会儿,她点点头,胸有成竹地说:"你长得太秀气,不适合艳装,应该配合你的脸形和体态来化装。"

"怎样呢?"

"化装成一个天使吧,白色的袍子,银色的冠冕!"

"衣料呢?"我问。

"我们不缺少白窗纱呀!"妈妈笑着说,"再买点儿白缎子做边,买点银纸和假珍珠假水钻做皇冠,我们不用花什么钱呀,这不就成了吗?"

"噢!妈妈!"我会过意来,高兴地喊,"你在学《飘》里的郝思嘉呢!"

"我们的窗纱还是全新的,取下一幅就够了,这件事交给妈妈吧,一定会给你安排得好好的!"

我凝视着妈妈,她也微笑着凝视我,我们对看了好一会儿,然后我揽住了她的脖子,把脸颊贴着她的,说:"噢,妈妈,你早就计划好了的,不是吗?"

"怎么,蓝采?你可不许流泪呵,这么大的人了。"她拍着我的背脊,"你还是个爱哭的小娃娃。"

"你是个伟大的好妈妈。"我说。

抬起头来,我含着泪望着妈妈,又忍不住地和妈妈相视而笑。

我的服装做好了,当我头一次试穿那身服装,站在穿衣镜前,我被自己的模样所震惊。妈妈说得对,白色对我非常合适,那顶亮晶晶的冠冕扣在我的头上,披着一肩长发,白纱的长袍,白色的缎带,胸前和下摆上都缀着闪亮的小星星,我看来飘逸轻灵、高贵雅洁,连我自己都不相信这就是我。

妈妈从镜子里望着我,她的眼睛里漾着泪水,声音哽塞地说:"哦,蓝采,我没想到你这样的美!"

"妈妈!"我叫。

"你是个仙女,蓝采,"妈妈说,"在母亲的心里,你永远是个小仙女,但愿在别人的心目里,你也永远是个小仙女!"

她拉着我的手,前前后后地看着我。

是吗?会吗?我会是小仙女吗?我迷人吗?我可爱吗?我在镜子前面旋转,让我的白纱全飘飞起来,像是天使的翅膀,我几乎想飞出窗外去了。

第十章

那伟大的一夜终于来临了。

我准时到达了谷风的家里，被他们家的下女带进一间特别的更衣室里，换上我的仙女衣服，戴上冠冕，再在成打的面具里选了一个洋娃娃脸的面具戴上。对着镜子，我不认得自己了，那个面具有张笑嘻嘻的嘴，我仿佛是个从天而降的、专为散布快乐的仙子。我忍不住在镜子前面再旋转了几圈，我满足于自己的装扮，满足于自己的长发，虽然这长发很可能泄露出我的真实面目来。

走进客厅，一时间，我觉得眼花缭乱，满屋子那么多稀奇古怪的人物，形形色色的服装和陌生的、滑稽的面具，使我如置身在一个梦幻的境界，或者是误跑进了什么马戏班的后台里了。在那一刹那，我竟呆呆地愣在门口。就在我发愣时，一个小丑猛然一跳跳到我面前，把一个大大的气球往我眼前一递，说："欢迎！云裳仙子！"

我吓了一跳，机械地接过了气球，然后，我就明白过来了，他的声音暴露了他的身份。

"你是小俞！"我说。

"那么，你是蓝采！"他也高兴地说，"如果我猜得不对，我在地下滚！"

"你不用滚，你猜对了。"我说。

"哈！又来了一个！"他抛开了我，蹦蹦跳跳地把另一个气球往我身后的人递去，我回过头去，不禁惊得冒了一身冷汗，原来我后面正站着个印第安红人，面部画得五颜六色，圆睁着一对凶恶狰狞的怒目，背上背着弓箭，头上插着羽毛，手里还高举着一把亮晃晃的斧头，眼看着就要对我当头劈下来了。我本能地惊呼了一声，闪在一边，小俞的小丑已经笑嘻嘻地献上了他的气球，嘴里嚷着："欢迎，好一个印第安斗士！"

谁知那土人竟一把格开了小俞，操着怪腔怪调、沙嘎粗鲁的声音，直奔我而来："什么气球？我不要气球，我要人头！"他吼着，仍然高举着他的斧头，大踏步地向我冲来："我要人头，要这个怪漂亮的小姑娘的人头！"

他那怪声音唬住了我，我听不出他是谁，而他那残暴狰狞的面目还真的吓住了我，我喊着，掉头就跑，他却一把抓住了我的长发，斧头对着我的脖子就砍了下来，完全不像是"假戏"了。我大喊,一个人陡地窜了出来,一把拦住了印第安人的斧子,也操着怪腔怪调的声音吼着说:"刀下留人!刀下留人!"

"怎么,你不许老子割人头?"印第安人挥舞着斧子,暴跳着叫。我慌忙去看我的救护者,谁知不看则已,一看大惊,原来那也是个土人,是个非洲土人,也画着脸,戴着象牙耳环,裸露着的上身挂满了动物牙齿组成的项圈和饰物,身上涂满了黑亮的油彩,像一座铁塔般挺立在那儿,其残暴狰狞的样子完全不减于印第安人,手中还拿着把长刀。也挥舞着长刀,他吼叫着,怪腔怪调地说:"这个小姑娘的头我也要!"

"什么?你要?老子先发现的老子要!"印第安人说。

"我说我要!你不给我我先割你的头!"非洲土人说。

"我先割你的头!"印第安人吼了回去。

"我先割你的!"非洲土人。

"我先割你的!"印第安人。

我听出来了,印第安人是无事忙,非洲土人是小魏,现在,他们两个都挥刀弄斧起来,其实刀和斧都是银纸贴的,但在暗红色的灯光下,还真是挺逼真的。我想,我的头总算保住了,趁他们彼此要彼此的头的时候,我还是"三十六计,走为上计"。我悄悄地向旁边溜开了,不料竟一头撞在一个人身上,抬起头来,我发现我闯了祸。在我面前,一个穿着长袍马褂、留着山羊胡子、道貌岸然的老学究气呼呼地用手抚着眼睛,原来我把他的眼镜撞掉了,他满地摸索着他的眼镜,好不容易找到了,他戴了回去,对我很不满意地、摇头摆脑地说:"小女子走路不长眼睛乎?有长者在前,不施礼乎?撞人之后,不道歉乎?"

原来是祖望,他那一本正经的样子,和那一连几个"乎乎乎",使我"扑哧"一声笑了出来,他却丝毫不笑,继续摇着脑袋说:"不知羞耻,尚且嬉笑乎?真是世风不古呀,世风不古!"

"老夫子,你又在发什么牢骚?"一个山地姑娘活活泼泼地跳了过来问,她手腕上脚踝上都戴着铃铛,一走动起来,丁零当啷的非常好听。这是紫云。

"瞧,"老夫子指指她裸露的手臂和及膝的短裙,以及那赤着的脚,大摇其头,"奇装异服,招摇过市,试问成何体统?岂不气煞人乎?"

紫云笑弯了腰,把我拉到一边说:"水孩儿?"

我摇摇头,不说话。

"纫兰?"她再猜。

我还是摇头。

"那么,你是蓝采!"

我点头。她说:"那么,水孩儿和纫兰还没有来。"

那个小丑又蹦过来了,拿一个喇叭"叭"的一声在我耳边一吹,我吓了一跳,那小丑鼓着掌,摆着头,做欢天喜地状,我骂着说:"又是你,小俞!"

"我不是小鱼,我是小猫!"那小丑说,接着就"喵喵喵"地连叫了三声,我这才发现,他真的不是小俞,是小张。

等我仔细再一研究,原来三剑客都化装成了小丑,不是"三剑客"了,而成了"三小丑"了。我说:"你们该化装成三剑客才对!"

"服装太难找了!"小张说,打量着我,"你很出色,蓝采,比仙女更像仙女。"

"谢谢你,你也很出色,比小丑更像小丑。"我说。

"哼!"他打鼻子里哼了一声,"好好地恭维你,你倒挖苦起人来了。你们女孩子就是嘴巴最坏。"

有个奇怪的人物向我们走过来了。他高大结实,满头乌黑的乱发,穿着件褐色的衣服,从领子到下面钉着些陈旧的金扣子(天,那件衣服看起来也够陈旧了)。他的面具是特制的,一张土红色宽大的脸,额角宽阔而隆起,下唇比上唇突出,左边下巴上还有个酒窝。一时之间,我有些眩惑,不大知道这是一种怎样的化装,只觉得这张面具"似曾相识"。

他停在我面前了,对我深深地一鞠躬,然后一连串地说:"我的天使,我的一切,我的我……我心头装满了和你说不尽的话,不论我在哪里,你总和我同在……啊!天哪,没有了你是怎样的生活啊!咫尺天涯……我的不朽的爱人，我的思想一齐奔向你……"

我简直被他这番话惊呆了，尤其，从他的声音里，我已经听出他是柯梦南。但是，这是什么意思？他为什么对我说这些？还是他认错了人？我错愕得不知道该如何回答了，而他，还在一口气地说个不停："……我只能同你在一起过活，否则我就活不了，永远无人再能占有我的心，永远……永远……"

我忽然有些明白了，这些句子我好像在什么地方读到过。我瞪视着他，这服装，这面容，这些句子……我恍然大悟，他装扮的是贝多芬，背诵的是贝多芬写给他的爱人甘兰士的情书。我该早就猜出来的，他一直最崇拜贝多芬。但是，我又何幸而作甘兰士！

"你错了，贝多芬先生，"我对他弯弯腰，"我并不是你的甘兰士！"

"我没错，"他含糊地说，"你就是我的甘兰士，蓝采。"

大厅里是多热呵，我感到我的脸在面具后面发着烧，我的心脏在不规律地跳动，我的血液在浑身上下奔流，怎样的玩笑！柯梦南！你不该拿我来寻开心呵，我只是个傻气的孩子！很傻很傻的！我无法回答出任何话，我的舌头僵住了，我开始感到尴尬的气氛在我们之间酝酿。还好，有人来打破我们的僵局了！

那是童话《玻璃鞋》(《灰姑娘》)里的人物，辛德瑞拉和她的王子，他们双双走到我们面前，端着盘糖果的水晶盘子，于是，不用他们开口，我也知道这是怀冰和谷风。我抓了一把糖，高声地说："恭喜恭喜，辛德瑞拉和她的王子！"

"也恭喜你们！贝多芬和甘兰士！"怀冰说，她显然已听到我们刚才的对白。我转开身子，玩笑要开得过分了。一个山地姑娘在对我招手，我跑过去，笑着说："老夫子呢？紫云？"

"我不是紫云。"她笑得很开心，"我是彤云。"

"噢，你们姐妹连化装舞会都化装成一个样儿，"我说，"连面具都一样，谁分得出来？"

"这样才够热闹呀，三个小丑，两个山地姑娘……噢，水孩儿来了，她化装得真可爱，不是吗？"

水孩儿化装成了白雪公主，和卡通影片里的白雪公主一模一样的打扮，倒真的惟妙惟肖。接着，纫兰也来了，她化装成中国的古装美人，她本来就带点古典美，这样一装扮，更加袅娜风流了。美玲是歌剧里的蝴蝶夫人，老蔡是阿拉伯酋长……人差不多都到齐了，我们统计了一下，独独缺少了何飞飞。

时间已经不早了，我们决定不再等何飞飞，大家把啤酒、果汁、新鲜什锦水果调在一起，加上冰块当作饮料，一齐向谷风和怀冰举杯祝贺。然后，音乐响了，一阕轻快的《维也纳森林的故事》，谷风和怀冰旋进了客厅的中间，大家都纷纷地准备起舞，但是，突然间，全体的人都呆住了。

先是客厅的门"砰"地大响了一声,接着,从客厅外面一蹦一跳地跑进一个奇形怪状的东西来,那是一只兔子和袋鼠的混合物,高矮和人差不多,一身灰灰白白的毛,有两个长长的耳朵和短短的尾巴,还有一个尖尖的,半像老鼠,半像狐狸的嘴巴,嘴巴上还有好长好长的几根胡须呢!

"好上帝!"小俞首先惊呼了一声,"我打赌这是从非洲丛林地带钻出来的东西!"

那怪物早已目中无人地,直立着"漫步"到谷风和怀冰的面前,居然还弯腰行了个礼呢,大声地说:"祝你们百年好合,白头偕老!"

"啊呀,我的天,"纫兰低声地说,"是何飞飞呢!"

"真的是何飞飞,"紫云抽了口冷气,"我简直不能相信,她怎么想得出来的!又打哪儿弄来这样一张皮的呀?"

怀冰和谷风显然也被面前这个怪物惊呆了,震惊得连舞也忘记跳,好半天,怀冰才吐出一句话来:"何飞飞,你这化装的是个什么玩意呀?"

"这是世界的主人,名叫'三位一体'。"何飞飞说。

"三位一体?你指天主教里的圣母、圣子、圣灵吗?"谷风问。

"才不是呢!所谓三位一体呀,是人、神、兽三位的混合体,这世界不是就由这三位所组成的吗?"

"你这模样就像人、神、兽的混合体吗?"谷风说,"我看兽味很足,别的两种显然遗传的成分不够呢!"

大家哄堂大笑了起来,何飞飞就在笑声中又蹦又跳又骂:"胡闹!见鬼!缺德带冒烟!"

她那副形状,再加上蹦跳的样子,逗得大家捧腹不已。抛开了谷风和怀冰,她跳着一个一个去辨认化装下的面孔,立即,她被那三个小丑包围了,只听到一片嬉笑怒骂的声音,接着就是那只大袋鼠舞着爪子叫:"哎哟,多好玩啊!真骨稽,骨稽得要死掉了!"

彤云"扑哧"一声笑了出来,说:"说实话,这可真是骨稽呢!"

《维也纳森林的故事》被何飞飞扰乱了一阵,现在又重新响了起来,男女主人开始跳舞了。接着,大家一对一对地都纷纷起舞,印第安人和白雪公主,非洲土人和中国古代美女,阿拉伯酋长和蝴蝶夫人,老夫子和山地姑娘……多么奇怪的组合啊!在优柔的灯光下,在美妙的旋律中,构成多么离奇的一幅画面!我站在那儿,不禁看得出神了!

有个人走到我面前来,打断了我的"欣赏":"我能不能请你跳舞?我的天使?"

是化装成贝多芬的柯梦南。我的心跳突然增快了。把手伸给了他,我一声不响地跟他滑进了客厅中央。我的脑子有些混混沌沌，混沌得使我无法运转我的舌头，我不知道该说些什么好。

"为什么不说话？"他问。

"你使我转了太多的圈圈，我的头昏了！"我说。

"我比你昏得更厉害，"他很快地说，"从第一次见到你的时候就昏了。"

"你在卖弄外交辞令吗？"我说，又是一个旋转。

"你认为我在卖弄外交辞令吗？是你真不知道，还是你装不知道？"他的语气有些不稳定。

"真不知道什么？又装不知道什么？"

"你是残忍的，蓝采！"

"我不懂你的意思。"

"你应该懂的，"他揽紧我，旋转了又旋转，他的声音急促而带着喘息，"除非你是没有心的。你不要以为你永远默默地坐在一边就逃开了别人的注意，我等待一个对你表白的机会已经很久了。"

我的心猛跳着。

"逢场作戏吧！"我含糊地说，"这原是化装舞会。"

"我们可以化装外表，但是没有人能化装感情！"他的语气激动了，面具上我看不到他的表情，只看到他那对火灼般的眼睛。我燃烧了，被他的眼睛燃烧，被他的语气燃烧，被那夜的灯光和音乐所燃烧。

"散会后让我送你回去。"他说。

"你太突然了,"我继续旋转着,"你使我毫无准备。"

"爱情不需要准备,只需要接受!"

"我不知道……"我语音模糊而不肯定。

"别说!"他迅速地打断我,"假如你是要拒绝我,也在散会以后告诉我,现在别说!让我做几小时的梦吧!我的心已经快蹦出我的胸腔了,你不知道我一向是多么腼腆的,我必须感谢这个面具,使我有勇气对你诉说。但是,你现在别告诉我什么,好人!"

那是怎样一种语气,那是怎样一种不容人怀疑的热情!他的呼吸是灼热的,他的手心是滚烫的……我不再说什么,我旋转又旋转……疯狂呵,我的心在整个大厅中飞翔,到这时,我才恍然地自觉,我已经爱了他那么长久、那么长久了。

音乐停了,他挽着我走向窗前的位子,我坐在那儿,在那种狂热的情绪之下,反而默默无言。音乐又响了,是一支吉特巴,他问了一声:"要跳吗?"

我摇了摇头。我必须稳定一下我的情绪,缓和一下我的激动,整理一下我的思想。我们就这样坐着,直到一只大袋鼠跳到我们的面前来。

"哈!柯梦南!我知道化装成贝多芬的,除了你不会有别人!来,不要躲在这儿,难道男孩子还摆测字摊,等人请吗?赶快来陪我跳舞!三剑客坏死了,都不肯跟我跳,他们硬说分不清我的性别。"

她一连串地喊着，完全不给别人插嘴的机会，一边喊，一边不由分说地拉起柯梦南，一个劲儿地往客厅中间拉。柯梦南无可奈何地站起来，被动地跟着她往前走，一面回过头来对我说："下一支舞等我，蓝采。"

"别理他，蓝采，"何飞飞也对我喊着说，"我要他陪我跳一个够才放他呢！"

他们跳起来了，我坐在那儿，心里迷迷糊糊的，一种不真实的感觉抓住了我，这是真的吗？这是可能的吗？他爱的是我吗？不是水孩儿？不是其他的什么人？这是真的吗？是真的吗？

一支舞曲完了，何飞飞果然没有放开柯梦南，下一支他们又跳起来了，再下一支舞我和谷风跳的，再下一支是那个要割我的头的印第安红人。

"我不敢跟你跳，"我说，"怕保不住我的头。"

"没有人敢动你的头，蓝采，"印第安人说，"你这个头太好了，太美了。"再下一支是小何，接下去小俞又拉住我不放。我不知道柯梦南换了舞伴没有，我已经眼花缭乱。好不容易，我休息了下来，溜出客厅，我跑到阳台上去透透气，又热又喘息。

有个山地姑娘也站在那儿，我问："是紫云，还是彤云？"

"紫云。"

"怎么不跳？"

"我要休息一下，里面太闹了。"

我们站了好一会儿，然后，我又走向客厅，在客厅门口，我碰到扮成老夫子的祖望，他问我："那个山地姑娘在阳台上吗？"

"是的。"我不经思索地说。

他往阳台去了，我忽然觉得有点不对，他是在找彤云，还是紫云？可是，没有时间让我再来考虑他的事了，柯梦南迎着我走了过来。

"你在躲我吗，蓝采？"他有些激动和不安。

"没有呀，是你一直不空嘛。"我说。

"那么，现在能跟我跳吗？甘兰士。"

"你叫我什么？"

"甘兰士。"他很快地说，"当我扮作贝多芬的时候，请你扮一扮甘兰士吧，如果你要否认，也等散会以后。"

"可是——"他一把蒙住了我的嘴，几乎把面具压碎在我的嘴唇上。

"别说什么，跳舞吧。"

那是一支慢四步，他揽住了我，音乐温柔而缠绵，他的胳臂温存而有力。我靠着他，这是一个男性的怀抱，一个男性的手臂，我又昏了，我又醉了。

一舞既终，他低低地说："取下你的面具，我想看看你。"

"不，"我说，"现在还是戴面具的时候。"

祖望匆匆忙忙地跑了过来，慌张的样子非常可笑，一把抓住了我，他说："彤云呢？"

"我不知道。"我说。

"糟了，蓝采，"他慌张地说，"我表错了情。"

"不，你表对了情了。"一个声音插进来说。我们抬起头来，又是个山地姑娘，这是彤云。

"你什么意思，彤云？"祖望的声音可怜巴巴的。

"你一直表错了情，今天才表对了。"彤云说。

"彤云！"祖望喊。

"别说了，我们先来跳舞吧！"彤云挽住了他，把他拖进舞池里去了。

"他们在说些什么？"柯梦南不解地问我。

"一些很复杂的话，"我说，"这是个很复杂的人生。"

"我们也是群很复杂的人，不是吗？"

"最起码，并不简单。"

我们在靠窗边的沙发上坐了下来，柯梦南为我取来一杯"混合果汁"，他对我举举杯子，在我的杯子上碰了一下，低声地说："为我们这一群祝福吧！为我们的梦想和爱情祝福吧！"

我们都慨然地饮干了杯子。大概因为果汁中掺和了酒，一杯就使我醉意盎然了。接下去，我都像在梦中飘浮游荡，我跳了许许多多支舞，和柯梦南，也和其他的人。舞会到后来变得又热闹，又乱，又疯狂，大家都把面具取下来了,排成一个长条,大跳"兔子舞",接着又跳了"请看看我的新鞋"。

跳完了,大家就笑成一团,也不知怎么会那么好笑,笑得喘不过气来,笑得肚子痛。

那晚的舞会里还发生了好多滑稽事,何飞飞不知怎么摔了一跤,把尾巴也摔掉了,爬在地下到处找她的尾巴。祖望一直可怜兮兮地追在两个山地姑娘后面,不住地把紫云喊成彤云,又把彤云喊成紫云。小俞和水孩儿不知道为什么打赌赌输了,在地上一连滚了三个圈子。然后,柯梦南又成为大家包围的中心,大家把他举在桌子上,要他唱歌。他唱了,带着醉意,带着狂放,带着痴情,带着控制不住的热力,唱了那支贝多芬曾为甘兰士弹奏过的《琪奥伐尼之歌》,其中的几句是这样的:

　　若愿素心相赠,
　　不妨悄悄相传,
　　两情脉脉,
　　勿为人知。

大家鼓掌,叫好,吹口哨,柯梦南热情奔放,唱了好多支好多支的歌,唱一切他会唱的歌,唱一切大家要他唱的歌,唱得满屋子都热烘烘的。然后,大家把他举了起来,绕着房间走,嘴里喊着:"柯梦南好,柯梦南妙，柯梦南呱呱叫！"

　　我不由自主地流泪了。何飞飞站在我的旁边，也用手揉着鼻子，不断地说："我要哭呢！我真的会哭呢！"

　　最后，天亮了，曙色把窗子都染白了，大家也都已经筋疲力尽，有的人倒在沙发上睡着了，有的躺在地上动弹不得，音乐还在响着，但是已没有人再有力气跳舞。我们结束了最后一个节目，选出我们认为化装得最成功的人——何飞飞。谷风和怀冰送了她一个大大的玩具兔子，和她所化装的模样居然有些不谋而合，又赢得大家一阵哄堂大笑。然后，在曙色朦胧中，在新的一天的黎明里，在舒曼的《梦幻曲》的音乐声下，谷风和怀冰站在客厅中间，深深地当众拥吻。

　　大厅中掌声雷动，一片叫好和恭喜之声，然后，舞会结束了。大家换回原来的服装，纷纷告辞。

　　是柯梦南送我回家。

　　天才微微亮，街上冷冷清清的，没有一个行人，有些薄雾，街道和建筑都罩在晨雾里，朦朦胧胧的。春天的早晨，有露水，还有浓重的寒意。

　　他把他的外衣披在我肩上，低声说："散散步，好吗？"

　　我点点头。

　　我们沿着长长的街道向前走，好一会儿，两人都没有说话，最后，还是他先开口："蓝采。"

"嗯？"

"我现在准备好了，你告诉我吧！"

我望着他，他的脸发红，眼睛中流转着期待的不安，薄薄的嘴唇紧紧地抿在一起。那神情仿佛他是个待决的囚犯，正在等待宣判似的。我望着他，深深地，长长地，一瞬也不瞬地。

"别苦我吧！"他祈求地说，"你再不说话，我会在你的注视下死去。"

"你不需要我告诉你什么。"我低低地说。

"我需要。"

"告诉你什么呢？"

"你爱我吗？回答我！快！"他急促地。

"你为什么不去问问怀冰爱不爱谷风？"我说。

他站住，拉住了我，我们停在街边上，春风吹起了我的头发和衣角，吹进了我们的心胸深处。他紧紧地盯着我，喘了一口长长的气，然后，他的头俯向我，我热烈地迎上前去，闭上我的眼睛。

从此，我的生命开始了另外的一页。

第十一章

从舞会回到家里,妈妈还没有起床,我蹑手蹑脚地回到我的房间,立即就和衣倒上了床。

我很疲倦,但是并没有立即入睡,仰躺在那儿,我望着天花板,望着窗棂,望着窗外的云和天,心里甜蜜蜜的、昏沉沉的,又是醉意深深的。我的眼前还浮着柯梦南的影子,他的笑,他的沉思,和他的歌。好久好久,我就那样一动也不动地躺着,让那层懒洋洋的醉意在我四肢间扩散,让柯梦南的一切占据我全部的思维,直到我的眼睛再也睁不开了。

我睡着了,梦到许多光怪陆离的东西,一会儿我是在个游乐园里,一会儿我又在碧潭水畔,接着又变成化装舞会……

柯梦南始终在我前面,不住地回头叫我,我拼命地向他跑去，可是总跑不到他那儿，跑呀跑的，跑得我好累，跑得我腰酸背痛，可是他还是距我那么远，我急了，大喊着："过来吧！柯梦南！"

于是，我醒了，一室懒洋洋的阳光，斜斜地照射在床前。

妈妈正坐在床沿上，微笑地望着我。

"怎么了，做噩梦？"妈妈问。

"噢，没有，"我怔忡地说，揉了揉眼睛，"什么时间了？"

"你睡得可真好，"妈妈笑着说，"看看窗子外面吧，太阳都快下山了。"

可不是吗？一窗斜阳，正闪烁着诱人的金色光线，我从床上坐了起来，大大地伸了个懒腰，梦里的一切早已遁了形，我浑身轻松而充满了活力。

"舞会怎么样？"妈妈关怀地问。

我的脸突然发起热来，噢，舞会！噢，神奇的时光！噢，柯梦南！

"好极了，妈妈。太好了。"

妈妈深深地注视着我。

"舞会中发生了什么事吗？"她敏锐地问。

"妈妈！"我喊，有一些惊奇，有更多的腼腆。"能发生什么事呢？"我说着，一面侧耳倾听，是我的耳朵出了毛病吗？

何处传来了口哨之声？

"那可多着呢！"妈妈说，走到窗子前面去，拉开窗帘，她注视着窗子外面，好半天，她回过头来，皱皱眉说："有个傻子，今天一天都在我们家门口走来走去。"

"哪儿？"我从床上跳了起来。

"你自己看嘛！"

我冲到窗子前面去，哦！果然，是柯梦南，他正靠在大门口的老榕树上面，倒好像蛮悠闲的，正在低低地吹着口哨呢！

"哦，妈妈！"我喊，"那不是傻子呀！"

"不是傻子是什么？就这样吹了一个下午的口哨了！"

"哦，妈妈！"我叫着，来不及说什么，我就向门口冲去了，妈妈在我后面直着喉咙喊："跑慢一点儿，当心摔了！他一个下午都等了，不在乎这几分钟的！"

"哦，妈妈！"

我再喊了一声，顾不得和妈妈多说了，也顾不得她的调侃，我一直冲出了大门，喘着气停在柯梦南面前，他的眼睛一亮，身子站直了。

"蓝采！"他喊。

"你在干吗呀？"我问。

"等你嘛。"

"为什么不按门铃？"

"我想，你可能在睡觉，我不愿意吵醒你。"

"你没有睡一下吗？"

"睡了两小时，满脑子都是你，就来了。"

我们对视着，好半天，我说："你真傻，柯梦南！"

他笑笑，不说话，只是呆呆地望着我。

我拉住他的手腕，说："进来吧，柯梦南，见见我的妈妈。"

我们走进了屋里，妈妈微笑地站在桌子旁边，桌上，两杯牛奶正冒着热气，一盘蛋糕，一盘西点，放得好好的，不等我开口，妈妈对我和柯梦南说："坐下吧，蓝采，你睡了一天，还没吃东西呢！至于你的朋友，好像也很饿了。"她把牛奶分别放在我和柯梦南的面前。

"妈，"我有些不好意思，低低地说，"这是柯梦南。"

柯梦南对妈妈弯了弯腰，他也有些局促。

"伯母。"他喊。

"坐下吧，坐下，"妈温柔地笑着，注视着柯梦南，"先吃点东西，我最喜欢看孩子们吃东西的样子。"

我拉着柯梦南坐了下来，我确实饿了，何况那些点心正散发着诱人的香味。柯梦南也没有客气，我们吃了起来，吃得好香好香，柯梦南的胃口比我更好。妈妈坐在一边，笑吟吟地望着我们，她那副满足和愉快的样子，仿佛享受着这餐点心的是她而不是我们，一边看我们吃，她一边不停地打量着柯梦南，等我们吃得差不多了，她才问柯梦南："你家住在哪儿？"

"南京东路，离这儿并不远。"

我们住在新生南路。

"你父亲在哪儿做事？"

"他开了一家医院，不过我们家和诊所是分开的。"

"哦，"妈妈关心地望着他，"你有几个兄弟姐妹？"

"这个——"他的脸色顿时变了，眼睛里闪过了一丝阴郁的光，那张漂亮的脸孔突然黯淡了。"有两个妹妹，一个弟弟，"他轻声地说，"同父异母的。"

"哦。"妈有些窘迫，我也有些惊异，对于柯梦南的家世，我根本不知道。"你的生母呢？"妈妈继续问，她的眼光温柔而关怀地停在柯梦南的脸上。

柯梦南的头垂下去了，他的牙齿紧紧地咬了一下嘴唇，再抬起头来的时候，他的眼睛里有着烧灼般的痛苦。

"她死了！"他僵硬地说，"她原是我父亲的护士，爱上了我父亲，结了婚，生了我。可是，没多少年，我父亲又爱上了他的一个女病人，他和那个女病人同居，和我们分开了。每个月他供给我们大量的金钱，让我们生活得非常豪华，就算尽了他的责任。结果，我母亲在我十五岁那年自杀了，她吞了安眠药，药还是我父亲的处方，因为我母亲患失眠症已经很久了。"

室内沉静了一会儿，他又低下了头，一语不发地喝光了杯中的牛奶，好半天，妈妈歉然地说："对不起，我不该问你这些。"

他很快地抬起头来，振作了一下说："没关系，伯母。我现在已经比较能淡然处之了，以前我曾经度过一段很痛苦的日子，痛苦极了，我就狂喊，狂歌，狂叫，在各种乐器上乱拨乱敲，用来发泄。现在，我好多了，自从——和蓝采他们接近以后。"

妈妈点了点头，她的眼光更温柔了。

"那么，你现在跟父亲住在一起吗？"

"不，"他坚决地摇摇头，"我自己一个人住，有个老用人跟着我，我永不可能跟我父亲住在一起，尽管他用各种方法想挽回我。"

"或者——他也有苦衷？"妈妈试探地说。

"别为他讲话，伯母！"柯梦南显得有些激动，"他是个刽子手，他杀掉了我的母亲！"

"好，我们不谈这个，谈点别的吧！"妈妈说，端起了我们吃空了的碟子，送到厨房去，一面问，"你学什么？"

"音乐。"

话题转了，我们开始谈起音乐来，这比刚才那个题目轻松多了，室内的空气立即变得活泼而融洽。我们谈了很久，柯梦南在我们家吃的晚餐，我发现妈妈几乎是一见到他就喜欢他了，这使我满心充满了兴奋和愉快。

饭后，我和柯梦南去看了一场电影，散场后，我们在街上慢慢地散着步，我说："我从来不知道你家庭的故事。"

"一段丑恶的故事,"他痛心地说,"我非常爱我的母亲,她能弹一手好钢琴,又能作曲,又能唱。而且,她是感情最丰富的、最善良的,她一生,都宁可伤害自己,而不愿伤害别人。"

"我可以想象她,"我说,"你一定在许多地方都有她的遗传。"

"确实,"他点点头,"不过,我比她坚强。"

"那因为她是女人,"我说,"女性总比男性脆弱一些,尤其在感情上。"

他看了我一眼,突然问:"蓝采,你的父亲呢?"

"我很小的时候,他就和我母亲离婚了。"我说。

他静静地凝视着我,街灯下,我们两个的影子长长地投在地上,忽而在前,忽而在后。好半天,我们都没有说话,只是相依偎地走着。然后,他轻轻地叹息了一声,感慨地说:"我们都有一个不幸的家庭,或者,每个家庭中都有一些不幸。"他顿了顿,说:"蓝采!"

"嗯?"

"我们以后的家庭,不能允许有丝毫的不幸,你说是吗?我们的儿女必须在充满了爱的环境里长大,没有残缺,没有痛苦!你说是吗?"

"噢,柯梦南,"我说,"你扯得多远!"

"你说是吗?"他逼问着我,盯着我的眼睛里带着火灼与固执、期盼与祈求,"你说是吗?你说是吗?蓝采,是吗?你说!"

在他那样的注视下呵,我还有什么可矜持的呢?我还有什么可保留的呢?

"是的,是的,是的。"我一迭连声地说。

他站住了,用双手紧握着我的手,他的脸色严肃而郑重,他的声音诚恳而热烈:"我们将永不分开,蓝采。"

我望着他,在这一刻,没有言语可以说出我的心情和感觉,我只能定定地望着他,含着满眼的泪。

第十二章

说不出来那种日子有多沉醉,说不出来那种感觉有多疯狂,也说不出来那份喜悦和那份痴迷。我和柯梦南,都融化在一种崭新而神奇的境界里,这种境界中没有第三者,没有天和地,没有世界上的任何东西,只有彼此。一会儿的凝视,一刹那的微笑,一下轻轻的皱眉,或一段短时间的沉思,都有它特别的意义,都会引起对方心灵的共鸣。然后,我们又惊奇地享受着那心灵共鸣的一瞬。

我们喜欢在清晨或是黄昏,手携手地漫步在初升的阳光或是落日之下。我们喜欢迎着拂面而来的、带着凉意的那些微风。我们还喜欢春天那份"恻恻轻寒翦翦风"的韵味。一切都让我们兴奋,一切都让我们满足。当我们漫步的时候,我喜欢听他轻轻地哼着歌。一次,我说:

"记得你第一次在我们面前唱的歌吗?在碧潭划船的那一次?"

"记得,"他微笑地说,"是那支《有人告诉我》吗?我作那支歌的时候情绪真坏,满腔无法发泄的积郁和怨愤,压得我透不过气来,我不知道我活着是为了什么,我迷失,我苦闷,我就写了那一支歌。但是,现在,那一支歌应该改一改歌词了。"于是,他低声唱了起来:

有人告诉我,
这世界属于我,
因为在浩瀚的人海中,
有个人儿的心里有我。

有人告诉我,
欢乐属于我,
我走遍了天涯海角,
在你的笑痕里找到了我。

有人告诉我,
阳光普照着我,
自从与你相遇,
阳光下才真正有个我。

我在何处？何处有我？

你可曾知道？

我在何处？听我诉说：

你的笑里有我！

你的眼底有我！

你的心里有我！

我们依偎着，那么宁静，那么甜蜜，那么两心相许、两情相悦。连那冷冷清清的街道上都仿佛洋溢着温暖，充满了柔情，穿梭的风带来的是无数喜悦的音符，这正是春天哪！

"恻恻轻寒翦翦风！"柯梦南说，紧握着我的手，注视着我的眼睛，"这是我们的春天，蓝采！"

是我们的。接连而来的所有的春天，都应该是我们的。不是吗？我挽着他的手，斜靠在他的肩上。

"你不再失落了？"我问。

"失落是一个年轻人的通病，"他说，"最大的原因是寂寞。生命没有目的，心灵没有寄托。现在，我不会再失落了，我有了你。我应该积极一点，为了我，为了你……"

"为了我们这一代吧！"我说，"你将来要做什么？"

"我要学音乐，我要成为一个大的声乐家，或是作曲家，你不知道我对音乐有多狂热，蓝采。"

"我知道。"我说,"毕业后准备留学吗?"

"是的,"他点点头,"这里没有学音乐的环境,我想去意大利。你愿意跟我一齐去吗?"

"我不知道,"我摇摇头,"我不愿意离开妈妈。"

"我们还会回来的,"他说,"我们一定会回来的,留学只是去学习,不是去生根哪,这儿到底是我们的土地嘛!"

"那么,你去,我等你回来!"我说。

"不,"他揽紧了我,"如果你不和我一齐去,我宁可不去了,我离不开你。"

"为了一个女孩子放弃你的前途吗?"我说。

"是的。"

"你傻!"我说。

"是的。"

"你笨!"我说。

"是的。"

"你糊涂!"我说。

"是的。"

我们站住了,他望着我,我望着他,我们望着彼此,然后,他笑了,重新挽住我,他说:"别谈这个了,蓝采。在我们相聚的时光,不要提起别离。反正,还早呢!"

"暑假你就毕业了,早什么?"

"还有预备军官训练呢！"

"也带着我一起去受训吗？"我瞪着他。

"是的，我把你藏在我的背包里。"

我们对视着，都笑了起来，他说："你的笑好美好美，蓝采。"

"告诉我你以前那个爱人的故事？"我说。

"我以前的爱人？"他一愣，"我以前有什么爱人？"

"别赖，你唱过的歌，忘了？"于是，我轻哼着：

> 我曾有数不清的梦，
> 每个梦中都有你，
> 我曾有数不清的幻想，
> 每个幻想中都有你，
> 我曾几百度祈祷……

他打断了我，接下去唱：

> 而今命运创造出神奇，
> 让我看到你，听到你，得到你，
> 让我诉出了我的心曲，我的痴迷。

我瞪着他。

"你是什么意思？"我问。

"你就是那个'你'嘛!"他说。

"别滑头,我打赌你作这支歌的时候根本不认得我。"

"确实。"他点点头。

"那么——?"

"但是那确实是你!"

"解释!"

"这支歌的题目叫《给我梦想中的爱人》,一个我心目中理想的女性,我梦寐以求的那种女孩,你就是,蓝采。"

"真的?"我问。

"真的。"他严肃地说。

我不再说话了,靠在他的肩头,我那么满足,满足得不知道自己还能有什么希求了。街道很长很长,我们并着肩走着。向前走,向前走,向前走……我坚信,我们就要这样并着肩向前走一辈子了。

第十三章

这样的恋爱是无法瞒人的,何况,我们也不想瞒人,舞会的第二天,柯梦南就急着要向全世界宣布他的恋爱了。最初知道这件事的是怀冰和谷风,而整个圈圈里都知道却是在舞会后的一星期。

那是一个假日,我们一起到鹭鸶潭吃烤肉去。

这是舞会之后,大家的第一次聚会。我们带了一锅切好了的肉,带了几十根铁扦子,预备用最原始的方式,穿了肉边烤边吃。这种吃法是柯梦南同校的一位艺术系的学生教他的,据说是新疆游牧民族的烤肉法,烤的都是牛羊肉。

我们到了水边已经快中午了,男孩子们负责架炉子生火,女孩子们负责穿肉掌厨,但是,经过了将近两小时的步行才到目的地,大家都很累,把扛来的肉、扦子、锅子往地下一放,就都纷纷地奔向水边,去舀了水洗手洗脸,谁也不管预先分配的工作了。何飞飞干脆脱了鞋,踩在水中,发疯似的乱跳乱叫,把水溅得到处都是。刚好小俞从她身边走过,被溅了一头一脸的水,小俞一面用手挡,一面嚷着说:"你这是干吗?疯丫头!"

"你叫我什么?"何飞飞停了下来,伸过头去问。

"疯丫头!"

"滚你的蛋!"何飞飞不经思索地骂着说,"我是疯鸭头,你还是疯鸡头呢!"

"哈!"小俞开心了,大笑着说,"你是疯鸭头,我是疯鸡头,可不刚好配上对了。"

大家都笑了起来,这次何飞飞显然是吃了亏,可是,笑声还没有完,就听到一声"扑通"的大响,和小俞的高声大叫。原来,何飞飞趁他不注意,用手把他一拉,又用脚把他的脚一踢,竟让他整个栽进了水里。小俞在水中大喊大叫,挣扎着爬起来,浑身从上到下地滴着水,头发湿淋淋地贴在额上,水珠在睫毛上和眉毛上闪着亮光,真是要多狼狈就有多狼狈。何飞飞拊掌大笑,边笑边指着他说:"哈!真骨稽,真骨稽得要死掉了。你这下子不是疯鸡头了,是落汤鸡头了!"

我们笑得可真厉害,笑得都喘不过气来。小俞就在我们的笑声中,一面浑身滴着水,一面吹胡子瞪眼睛,摩拳擦掌,他越是那副咬牙切齿的怪样子,我们就越是笑个不停。终于，他大吼了一声："何飞飞，我今天不好好地整你一下，我就在地下滚，一直滚回台北去！"

吼着，他就向何飞飞冲了过来，何飞飞眼看情况不妙，回头拔脚就跑，小俞也拔脚就追。何飞飞一直跑向我的身边，柯梦南正站在那儿，笑嘻嘻地观望着。何飞飞往柯梦南身后一躲，抓着柯梦南，把他像挡箭牌似的挡在自己面前，嘴里嚷着："柯梦南，赶快救我！"

"我为什么要救你呢？"柯梦南笑着问。

"你是好人嘛，你不像他们那么坏！好人应该帮好人的忙！"何飞飞说。

"哦？你还是好人呀？"柯梦南满脸的笑，对我做了个鬼脸。

"我当然是，你别看我外表爱胡闹，我内心最好、最善良、最温柔不过了，不信你问蓝采。"

"我可不敢担保！"我笑着说。

小俞已经冲到柯梦南面前了，何飞飞跳前跳后地躲着他，把柯梦南像车轱辘似的转过来转过去，于是，柯梦南成为小俞和何飞飞的轴心，三个人开始捉迷藏似的兜起圈子来。

"柯梦南，"小俞吼着说，"你护着她干吗？她又不是你太太！"

"柯梦南，"何飞飞也喊着，"别听他乱扯，你揍他，赶他走！"

柯梦南显然被他们转昏了,他讨饶地嚷着:"好了!好了!我怎么会卷进你们的战圈的?现在双方停火如何?"

"我才不干呢!"小俞叫着,"我今天非把她揿在水里,让她喝几口水才甘心!"

"你敢!"何飞飞喊。

"我为什么不敢?"

"好了。看我的面子,小俞,你就饶了她吧!"柯梦南说,急于想摆脱这场是非。

"也行,"小俞说,"你既然出面调停,我就听你的,不过有条件的!"

"什么条件?"柯梦南问。

"宣布你的秘密!"

"我有什么秘密?"柯梦南诧异地问。

"好,你不肯承认有秘密,就算它不是秘密吧,那么,你当众和蓝采接个吻吧!"

大家哗然大叫了起来,惊诧声、奇怪声、询问声、议论声全响了起来,我也大吃一惊,接着就满脸都发起热来,说不出是什么感觉,只感到心脏乱跳,血液加快,不由自主就低下了头。耳中只听到小俞的呵呵大笑,和高声说话的声音:"我是个通天晓,你敢不承认吗?柯梦南?舞会那天我就看得清清楚楚了!对不对?柯梦南?你摘走了我们的一颗珍珠,从今起,不知有多少人因为你要害失恋病，你也非弥补一下我们的损失不可！你先和蓝采当众接个吻，然后为我们唱支歌，大家说对不对？"

接着是一片乱七八糟的叫嚷之声，我的头都昏了，也听不出来大家在说些什么。小俞和何飞飞的"战争"显然已不了了之，全体的目标都转移到我和柯梦南的身上。女孩子们把我包围了起来，七嘴八舌地问："这是真的吗，蓝采？"

"你怎么一点也不告诉我们，蓝采？"

"你什么时候和他好起来的，蓝采？"

"你可真会保密啊，蓝采！"

我被那些数不清的问题所淹没了，躲不开，也逃不掉，大家把我围得紧紧的。我既无法否认，只得一语不发地低垂着头。在我旁边，柯梦南也被男孩子所包围着。接着，不知怎么一回事，我和柯梦南被推到了一块儿，周围全绕着人，一片吼叫声："表演一下，柯梦南！像个男子汉，吻吻你的爱人！"

我的脸已经烧得像火一般了，从来没有过这样的经验，也从来没有过这种滋味。可是，我心中却充塞着温暖和感动，从那些吼叫里，我可以听出大家的热情和那份善意。显然，他们也在分沾着我们的喜悦和爱情啊！

柯梦南站在我的面前，终于向那些吼叫低头了。他用手扶住了我的肩膀，在我耳边低低地说："怎么办？不敷衍一下无法脱身了！"

说完，他很快地在我面颊上吻了一下，全体的人又吼叫了，拍掌的拍掌，提抗议的提抗议，说我们这个"吻"太"偷工减料"了。柯梦南微笑地看着大家，然后，他不顾那些吵闹，开始唱起歌来，他的歌一向有镇压紊乱的功效，果然，大家都安静了下来。柯梦南唱得那么好、那么生动，是那支我所心爱的《给我梦想中的爱人》。

他唱完了，大家用怪声叫好，吹口哨，并且缠着他不停地问："这支歌是你为蓝采写的吗？"

"这个'你'是蓝采吗？"

"你诉过了你的心曲，和你的痴迷了吧？"

他们缠着他闹，他却只是好脾气地微笑着，听凭他们起哄，直到祖望喊了一声："我们到底还吃不吃烤肉呀？"

大家在笑声中散开了，找砖头搭炉子的去找砖头，找木柴的去找木柴，生火的去生火，我也走到放东西的地方，把扦子拿到水边去洗。水孩儿跟到我身边来帮我洗，一面凝视着我说："蓝采，我早就猜到会这样的，你跟他是最完美的一对，上帝不可能有更好的安排了。"

我望着她，有些讶异，这句话多熟悉呀！不久以前，我还这样猜测过她和柯梦南呢，她的眼睛清亮地闪烁，唇边带着个温温柔柔的微笑："恭喜你，蓝采。"

"水孩儿，说实话，我——一度以为——"我结舌地说。

"你想到哪儿去了,蓝采?"水孩儿很快地打断我,停了停,她又说,"我说过我不爱凑热闹的,对不?"她扬起了睫毛,唇边的笑容洒脱而可爱,站起身来,她用手按了按我的肩膀,"改天告诉你我的故事,我爱上了一个圈外人。"

"真的?"我惊异地问。

她笑着点点头,走开了。我拿起扦子,到草地上去坐下来,开始把肉穿到扦子上去,怀冰也和我一起穿,注视着我,她说:"蓝采,你真幸福。"

"你何尝不是?"我说。

我们相对而视,都忍不住地微笑了。

火烧旺了,大家都围了过来,一边烤着肉,一边吃着。肉香弥漫在山谷之中,弥漫在水面上,欢乐也弥漫在山谷中,弥漫在水面上。大家吃了半天,才发现少了一个人,是何飞飞,而且好半天都没有听到她的声音了。祖望说:"我敢打赌,她又有了什么花样。一向吃起东西来,她都是'当人不让'的,现在躲在一边干吗?"

"我找她去!"我说,站起身来,走到水边去张望着,找了半天,才看到她一个人坐在水边的一块大石头上,呆呆地望着天空发愣,我喊了一声说:"何飞飞,你在做什么?"

"我在看那些鸟儿呢!"她说,继续地看着天空,天上有好几只鸟在飞来飞去,"它们飞呀飞的好快活!我在想,我的名字叫作何飞飞,我何不也去飞飞呢?"

她那认真的模样和那些傻话使我笑了起来,我走过去,拍拍她的肩膀说:"你别想飞了,你再不去吃烤肉呀,那些肉都要'飞'进他们的肚子里了,那你就什么都吃不着了!"

"我不想吃,"她闷闷地说,"我想飞,飞得高高的,飞得远远的,飞到另外一个世界里去!"

"你这是怎么了?"我诧异地望着她。

"我吗?"她咧了咧嘴,耸了耸眉,又是她那副调皮的怪样子。凝视着我,她用一种夸张的悲哀的态度说:"蓝采,我失恋了。"

"好了,好了,"我说,"你的玩笑开够了没有?"

"你居然不同情我吗?"她瞪大了眼睛问。

"好,很同情。"我抱住手一站,看样子她一时间还不想吃烤肉呢!"告诉我,你爱上的是谁吧!"

"柯梦南。"她咧着嘴说,"你让给我好吗?"

我啼笑皆非地望着她,禁不住从鼻子里哼出一口长气,这个促狭的小鬼!怎么永远没有一句正经话呢!看到我的尴尬,她笑了,打地上一跃而起,叫着说:"放心!没人要抢你的柯梦南!唔!好香,我要去抢烤肉了!"

我们走回到炉子旁边,大家正吃得开心,何飞飞从炉子上抢了一串肉就往嘴里塞,刚刚离火的肉又烫又有

105

油,她大叫了一声,烫得蹲下身子,眼泪都滚出来了,大家围过去,又是要笑,又是要安慰她。她呢?一面慌忙用手捂着被烫了的嘴巴,一面又慌忙用手去揉眼睛,谁知她的眼睛不揉则已,这一揉眼泪就扑簌簌地掉个不停了。我和怀冰一边一个地搂着她,我急急地问:"这是怎么了?怎么回事?"

"人家烫得好厉害嘛!"她带着哭音说,"不信你瞧!"

她把嘴唇凑近我,真的,沿着唇边已经烫起了一溜小水疱,想必是痛不可忍的。怀冰也急了,说:"谁带了治烫伤的药?油膏也可以!"

谁也没带。红药水、紫药水、消炎药都有,就是没有治烫伤的。大家看到她那副眼泪汪汪地噘着个嘴巴的样子,手里还紧握着那串闯祸的肉,就又都忍不住想笑。小俞把一串刚烤好的肉吹凉了,送到她面前去,一面笑着说:"别哭了,疯丫头,谁叫你这样毛手毛脚呢!快吃一点吧,你还什么都没吃呢!不过,你烫这一下也是活该,你心眼坏,老天在惩罚你呢!"

"滚你的!"何飞飞气呼呼地推开他,"别人烫了你还骂人!没良心,你们全没有良心!"说着,不知怎的,她竟"哇"地大哭起来了。

我们全慌了手脚,搂着她问:"怎么了?怎么了?"

"又是你,小俞!"彤云狠狠地瞪了小俞一眼,"人家烫了,你还拿她开玩笑!你们男孩子没一个是好东西!"

"我又做错了?"小俞愕然地瞪着眼睛,"这才是好心没好报呢!"

"你还不道歉?"紫云推了他一把。

"我道歉?"小俞叫,"我干吗道歉?"

"你把何飞飞都弄哭了,你还不道歉?"彤云骂着说,"快呀!去呀!"

"好,好,好,我道歉,我道歉,"小俞用手抓抓脑袋,垂头丧气地站在何飞飞面前,对她鞠了一躬,像背书一般地说,"小姐,我对不起,得罪了小姐,一不该让火神烫伤你,二不该让烤肉发烫,三不该好心送肉给你吃,四不该说笑话想讨你开心,五不该……不该……"他眨巴着眼睛,想不出话来了,最后才猛然想出来说:"不该让那串发烫的肉,那么快地跑到你嘴里去!"

何飞飞眼泪还没干呢,听了这一串话,却"扑哧"一声笑了出来,从地上一跃而起,她揽着小俞,亲亲热热地说:"你是好人,他们都坏!"

我们大家面面相觑,好生生的,我们又都"坏"起来了!

小俞也有点丈二和尚,摸不着头脑。但是,何飞飞总算不哭了,一件"烫嘴"的公案也过去了。我们又欢天喜地地吃起烤肉来。那一整天,何飞飞都跟小俞亲亲热热地在一块儿,我们甚至于背后议论,春风起兮,恐怕又要有一段佳话了!

第十四章

夏天将来临的时候，大家都很忙，聚会的时间自然而然就减少了。主要是因为期终考马上就要到了，而我们大部分都已是大三的学生，柯梦南比我们高一级，暑假就要毕业。别看我们这一群又疯又爱玩，对于功课，我们也都挺认真的，所以，那一阵我们只是私下来往，整个圈圈的团聚就暂时停止了。

这并不影响我和柯梦南的见面，我们几乎天天都要抽时间在一块儿谈谈、走走、玩玩。尤其因为暑假里他要去受军训，我们即将面临小别的局面，所以我们就更珍惜我们可以相聚的时间了。日子里是掺和着蜜的，说不出来有多甜，说不出来有多喜悦。我们沉浸在一种幸福的浪潮里，载沉载浮，悠游自在，把许多我们身外的事都忘了，把世界和宇宙也都忘了。

许久没有见到怀冰他们,也没有人来通知我聚会的时间,我呢,在忙碌的功课中,在恋爱的幸福里,也无暇主动地去和他们联络。因此,我好久都没有大家的消息,直到有一天,怀冰突然气急败坏地来找我:"蓝采,你知不知道祖望出了事?"

"怎么?"我惊愕地问。

"他喝醉了酒,骑着自行车,从淡水河堤上翻到堤底下去,摔断了一条腿!"

"什么?"我大惊,"这是多久以前的事?"

"两天以前,现在在××医院。"

"你去看过他没有?"

"没有,我正来找你一起去。"

"等我一下。"

我跑进去和妈妈说了一声,立即走了出来。我和怀冰一面走向公共汽车站,一面谈着。我问:"祖望从不喝酒的,怎么会去喝酒呢?而且,他一向做任何事都是小心翼翼的,会骑着自行车翻下河堤,简直是不可思议的事!假如是无事忙或者三剑客,都还有可能,祖望怎会如此糊涂?"

"还不是受了刺激!祖望就是那么傻里傻气的!"

"你是说彤云?"我问。

怀冰点了点头,叹口气说:"有那么傻的姐姐,又有那么傻的爱人!"

"你是什么意思?"我怔了一下。

"彤云完全是为了紫云,你看不出来吗,蓝采?她对妹妹的感情好到连爱人都要相让,结果,祖望却受不了她的拒绝,一个人跑去喝酒,当晚就出了事!"

"我不认为彤云完全是为了紫云,"我说,"彤云不会那么傻,爱情又不是糖果或玩具,可以送给别人的!"

"事实是如此!"怀冰说,"我问你,假若你的一个亲密到极点的好友,也爱上了柯梦南,你会让吗?"

我望着怀冰。

"不!"我说,"绝不可能!你呢?你会让掉谷风吗?"

她想了想,也摇摇头。

"所以,"她说,"我们都没有彤云伟大。"

"不能这么说,"我不赞同地说,"你忽略了人性,彤云这么做是不合理的,如果这其中没有别的隐情,彤云就是个大傻瓜!"

"人有的时候就是很傻的。"

"但是,彤云是个聪明人。"

"就因为是聪明人,才会做傻事呢!"

我愣了愣,怀冰这句话仿佛哲理很深,粗听很不合理,仔细一想,却有她的道理在。我不说话了,我们默默地走向车站,我心里恍惚不定地想着,我们这一群人都不笨,都是聪明人,是不是也都会做些傻事呢?

我们到了医院,祖望住的是二等病房,一间房间两个床位,但是另一个床位空着,所以就等于是一个人一间。我们去的时候,谷风已经先在那儿了,无事忙和水孩儿也在,另外,就是彤云和紫云姐妹。祖望的父母反而不在,大概因为我们人多,他们又要上班,就不来了。我们一进去,就把一间小房间挤得满满的了。

祖望躺在床上,腿已经上了石膏,头也绑了纱布,手臂上也缠着绷带,看样子这一跤摔得非常厉害。好在没有脑震荡什么的,他的眼睛大大地睁着,神志十分清醒。

"瞧!又来了两个!"无事忙看到我们就嚷着,"祖望,你简直门庭若市呢!刚刚一个护士小姐抓着我问,你是不是交游满天下,怎么朋友川流不息的!"

我们走到床边上,我问:"怎么搞的,祖望?"

祖望苦笑了一下,笑得凄凉,笑得苦涩。

"天太黑,我看不清楚路。"他低声说。

紫云坐在床沿上,痴痴地望着祖望,听到这句话,她眼圈陡地一红,忍不住地说:"什么天太黑?好好地去喝酒,又不会喝,自己找罪受吗?!何苦呢?"

她的眼睛闭了闭,再扬起睫毛时,已经满眶泪水,祖望注视着她,他的脸色变了,用牙齿轻轻地咬了咬嘴唇,他的眼光温柔地停在她的脸上。然后,他拍了拍她放在床沿上的手,像安慰孩子似的说:"我根本没什么关系,紫云,我很快就会好的,真的,紫云。"

经他这样一安慰,紫云完全控制不住自己了,她猛然间扑倒在他床边上,"哇"地大哭了起来,哭得好伤心好伤心,似乎把她所有的痴情,所有的委屈,所有的焦虑和担忧,都借这一哭而发泄无遗了。祖望大大地动了容,费力地支起了身子,他抚摩着她的头发,一迭连声地说:"怎么了?怎么了?紫云?我真的没什么呀,你看,我只不过伤了点皮肉呀!噢,紫云!"

他的手揽住了她的头,眼眶也不由自主地湿润了。彤云站在床边上,目睹这一幕,也不住地用手擦着眼泪,但是她的唇边带着笑,分不出是喜悦还是悲哀。然后,我们忽然醒悟到应该退出这间房间了,我对怀冰和水孩儿使了个眼色,拉着彤云、谷风和无事忙,一起悄悄地退出了房间,留下紫云和祖望,让他们好好地哭一哭,好好地诉一诉。无事忙为他们关上了房门,站在门口说:"我要守在这儿,帮他们挡驾别的客人。"

一个护士被哭声引来了,急匆匆地要冲进病房里去,无事忙一把拦在前面,笑着说:"别去,小姐,里面没事!"

"有人哭呢!"护士小姐说。

"你没听过哭声吗?"无事忙笑着问,"别去打断她,这眼泪是可以治伤口的,比你们的特效药还好!"

那护士莫名其妙地望着我们,摇了摇头,又莫名其妙地走开了。我们大家彼此对望了一下,都禁不住地微笑了起来。

我拉了拉彤云的袖子，低低地说："我要审你，彤云。"

我和她离开了大众，走下医院的楼梯，来到医院前的大花园里，站在喷水池前，我说："你想做圣人吗，彤云？"

"想做凡人。"她说，安安静静地望着水池中的荷叶。

"你真不爱祖望？"

"我告诉过你。"

"你确定？你不会弄错自己的感情？"

她抬起头来，深深地望着我，好一会儿，她说："最起码，我没有紫云那么爱他，我对他的感情早就不忠实了。"

"我不懂。"我说。

"我告诉你吧，"她深吸了一口气，"我确实跟祖望好过一阵，有一段时间，我甚至想，我会爱上他的，会跟他结婚，会跟他过一辈子。可是，当有个男孩子闯进来的时候，我马上就变了。这证明我对祖望的感情没有生根，也禁不起考验。而紫云不同，她从高中的时候起，眼睛里就只有祖望一个人，从没有对其他任何一个男孩子动过一点点心。所以，她才是祖望所该爱的人，她才是能给祖望幸福的人。你懂了吗，蓝采？"

"还是不太懂，"我凝视她，她的眼光热情而坦白。

"你是说,你和另外一个人恋爱了？"

"不是我和另外一个人恋爱了,是我爱上了另外一个人,但是,这已经是过去了。"

"圈圈外的？"

"圈圈里的。"

"谁？"

"你难道不知道？"

我们相对注视,好半天,两人谁也不说话。然后,她洒脱地一笑,用手拍抚着我的肩膀,故作轻松地说:"别放在心里,蓝采,这事早就成为过去了,每个女孩子都会做一些傻气的梦的,是不是？何况,在我们这个圈圈里,有几个女孩没有为他动过心呢？除去一片痴情的紫云,和永不会恋爱的何飞飞以外。"

我垂下头,水池里的一片大荷叶上面,滚动着一粒晶莹的小水珠,映着日光,那小水珠闪烁出五颜六色的光线。彤云碰了碰我,说:"你对我的话介意了？"

"不,只是有点难过。"

"为了我？"她问,笑了,"别傻了,蓝采。每个人有属于每个人自己的幸福,你焉知道有一天,我不会比你更幸福？"

我抬起头来,诚恳地望着她那对闪亮的眸子,握紧了她的手,我由衷地说:"但愿你会！我祝福你！彤云。无论如何,你在我的眼睛里是伟大的。"

"别轻易用伟大两个字。"她说,"我们都很平凡。不过,生命多复杂呵!假若我们每个人都像何飞飞一样单纯就好了!"她叹息了一声。

是的,生命多么复杂,像荷叶上那粒滚动的小水珠,闪烁出那么多五颜六色的光彩。但是,它是美丽的!

第十五章

当祖望完全复原的时候，已经是柯梦南入伍的前夕了。为了庆祝祖望的康复，为了欢送柯梦南，我们在谷风家里举行了一个盛大的晚宴。

因为人太多，我们采取了自助餐的形式，饭后，大家散在客厅里。不知怎么，竟失去了往日的那份欢乐和高谈阔论的情绪，我和柯梦南是离愁万斛，祖望和紫云是两情脉脉，彤云的心情一定很复杂，水孩儿和纫兰一向就比较沉默。最奇怪的，是连何飞飞都提不起劲来，一个人缩在客厅的角落里，安静得出奇。客厅人那么多，大家都不说话，就显得特别地沉闷和别扭。最后，还是小俞忍不住了，站在房子中间，他大声地说："今天是怎么回事？大家都变成哑巴了？"

"来玩点什么吧！"小张说。

没有人接腔,小何走去开了唱机,放上一张探戈舞曲的唱片,音乐声冲淡了室内的严肃,又增加了几分罗曼蒂克的情调。小何走到何飞飞的面前,弯了弯腰说:"请你跳支舞好吗?"

"不好!"何飞飞干脆地回答。

"你怎么了?"小何问,"吃了炸药吗?"

"砰!"何飞飞说。

"爆炸过了,就跳支舞吧!"小何好脾气地说。

何飞飞不带劲地站了起来,谷风和怀冰已经跳起舞来了,探戈舞曲就有那么一种轻快优雅的浪漫气息,柯梦南看了看我,我们一语不发地站了起来,滑进了客厅的中央。紫云和祖望也跳起来了,一时间,大家都纷纷起舞。

我依偎在柯梦南的身边,舞动着满怀柔情,也舞动着满怀愁绪。整整跳完一支曲子,我们一句话都没有说。许多时候,沉默是最好的语言。探戈舞曲结束之后,不知是谁换上了一张慢华尔兹。又不知是谁把客厅的大灯关了,就留下一盏小壁灯,室内光线幽暗,音乐轻柔。我的头倚靠在柯梦南的肩上,他的下巴轻轻地擦着我的额,我们旋转着,旋转着,旋转着,旋转着……

"蓝采。"他轻轻地唤我。

"嗯?"

"蓝采。"他再唤了一声。

117

"嗯?"

"蓝采,蓝采,蓝采!"他不停地唤着,声音温柔得像一声叹息。

我们旋转着,旋转着,旋转着,旋转着……

"我入伍以后你要做些什么?"他问。

"想你。"我说。

"还有呢?"

"还是想你!"

"还有呢?"

"想你,想你,想你!"我不停地说着,像是梦中的呓语。

"一直想到你回来。"

"蓝采!"

"嗯?"

"我爱你。"他轻轻轻轻地说。

我闭上眼睛,泪水充溢在我的眼眶里,依偎着他,我不敢张开眼睛,怕他的面容在我的泪眼中变得太模糊;我不敢说话,怕我已经紧逼的喉咙会不受控制;我也不敢思想,怕那成千上万的离愁会把我绞死。

我们继续旋转着,旋转着,旋转着,旋转着……

突然间,音乐停了,突然间,客厅中灯光大亮,我们惊愕地停住,我张开眼睛,这才发现整个客厅中只有我们一对在跳舞,跟随着灯光的明亮,周围爆发了一阵掌声和笑声,中间夹着小俞的叫嚷:"多么美!多么好!多么罗曼蒂克!"

我的脸一定烧得通红了,这些人多恶作剧啊!可是,这些恶作剧又多么亲切,多么善良呵!

灯光重新转暗,何飞飞走到我们面前来:"蓝采,把你的舞伴借我一下好吗?"

"当然好。"我笑着让开。

"你知道,蓝采,他一直欠我一支舞,"何飞飞说,"在化装舞会的时候,他说好要陪我跳最后一支舞,但是他陪你跳了,你不知道我吃醋得多厉害。"

"是吗?"我问。

"真的,"她夸张地叹息了一声,"我回家去后一直哭到天亮呢!"

"记住,那天散会的时候已经天亮了。"柯梦南提醒她。

"那么,我是一直哭到天黑。"

"我很同情。"我笑着说。

"你嘲笑我,蓝采,"她板起脸来,"你多残忍!只因为你是胜利者,你就这么欺侮我。其实,我觉得我比你可爱,就不知道柯梦南怎么会爱上你而不爱我?"她掉头瞪视着柯梦南,"为什么?"

"谁说我不爱你?"柯梦南笑吟吟地,"我才爱你呢!"

"真的?"何飞飞扬起了睫毛,闪烁的大眼睛向他逼近了。

"真的？真的？"

"真的，像爱我家那只小哈巴狗一样。"

"哼！"何飞飞气呼呼地说，"柯梦南，你变坏了。"

"都是跟你学的。"柯梦南继续笑着。

"好吧！不跟许多噜苏了！"何飞飞拉住了他，"陪我跳支舞吧，跳完了这支舞，就算我们之间的账结了，我就不再为你伤心了。"转向了我，她说："蓝采！你不会吃醋吧？"

"保证不会！"我说。

"那我就放心了，"她说，"不过，假如他是我的爱人啊，我连他看别的女人一眼都不许！"

"你不是别的女人，你是哈巴狗嘛！"我说。

"噢，蓝采！"她瞪大了眼睛，"你们联合起来欺侮我，你们是恩恩爱爱的，我是你们的玩意儿，给你们消遣找趣儿的！噢，蓝采，你多残忍！你是我平生碰到的最残忍的人，不只你，还有你！"她望着柯梦南。

"好了，你的牢骚发够了没有？"柯梦南问。

音乐已经又响起来了，是一支快华尔兹，何飞飞不说话，他们开始跳起舞来。我正预备退下去，谷风接住了我，笑着说："跟我跳一曲吧，蓝采，怀冰被三剑客抢走了。"

我们跳着，谷风说："你们什么时候订婚，蓝采？"

"还不知道,等他受完军训再说吧!"

"紫云和祖望要订婚了!"

"是吗?"我并不惊异,"多好!又是一对!"

"你帮帮小俞的忙吧!"谷风说,"他对何飞飞着迷了!"

"真糟!偏偏是何飞飞!"

"怎么?"

"她是不会恋爱的!她还是个小孩子,没开窍呢!"

"小俞也知道,"谷风说,"但是,总要有一个人帮助她长大呀!"

"何必呢?"我说,"她多快乐呀!"

真的,我望过去,她正和柯梦南酣舞着,她的上半身微向后仰,小小的鼻子美好地翘着,她仿佛跳得很开心,旋转得像一个展开翅膀的小银蝴蝶。她是会享受生活的,不是吗?

她不必和某一个人恋爱,却拥有每一个人的喜爱,这也够了,不是吗?

一曲既终,柯梦南回到我身边来,拭去了额前的两粒汗珠,他对我苦笑着摇摇头:"这个小妮子,我拿她真没办法!"他说。

"谁拿她有办法呢?"我笑着说,"她又跟你开玩笑了?"

"可不是!"他说,握住了我的手,"蓝采,我们溜到花园里去,好吗?"

我们溜了。室内灯光暗淡,音乐喧腾,大家都在酣舞之中,没有人注意到我们溜走。我们到了花园里,园中玫瑰正盛开着,满园花香,满园月影,花木参差。我们肩并着肩,一直走到水池前面。水池中有月亮的倒影,有花树的倒影,还有我们的倒影。

"看到了吗?"他低低地问我。

"什么?"

"水里,"他指指我们的影子,"我们就要这样并肩,永远站在一块儿。"

晚风轻拂着,水面漾起无数的波纹,一瓣石榴花的花瓣轻轻地飘落在水池里,我们的影子荡漾着,荡漾着,好半天才平息。两个头,聚在一块儿,重叠着花影、树影、云影。

我们抬起头来,长长久久地对视着。

"我爱你,蓝采。"他低低地说,"我每一根纤维都爱你。"

我靠近了他,他俯下头来,他的嘴唇灼热而湿润。我紧揽着他的头,意识从我的胸腔里飞走,飞走,飞走……飞到不知道什么地方去,飞得那么遥远,那么遥远,似乎永远不再回到我的身体里了。

然后,我恍恍惚惚地听到一个歌声,很远很远,很细微很细微,唱的是:

我曾有数不清的梦,

　　每个梦中都有你,

　　我曾有数不清的幻想,

　　每个幻想中都有你,

　　我曾几百度祈祷,

　　祈祷命运创造出神奇,

　　让我看到你,听到你,得到你,

　　让我诉一诉我的心曲,我的痴迷。

　　只是啊,只是——你在哪里?

我的意识还没有回复,那歌声消失了,并没有引起我们的注意。好一会儿,我们分开了,我才神思恍惚地说:"听到了吗?"

"什么?"

"有人在唱歌。"

"是客厅里传来的吧!别管它!"

我们继续留在花园里,直到客厅的灯光大亮,我们不能不回到人群里去了。

怀冰迎着我们。

"何飞飞呢?"她问。

"何飞飞?"我一怔,"我不知道呀!"

"她不是和你们一起到花园里去了?"

"没有呀，我们没看到。"

"这鬼丫头不知溜到哪儿去了。"怀冰说，"八成她又要耍花样。随她去吧！来，你们刚好赶上吃宵夜，我和彤云合作，煮了一锅莲子汤。"

我们跑了过去，跟着大家吃喝起来，夜已经深了，我们吃了很多很多。而何飞飞呢，那晚她没有再出现，直到大家都追查她的下落时，谷风家的下女才报告说，她早已经悄悄地一个人走掉了。

为什么？没有人问，她原是个鬼神莫测的疯丫头嘛！

第十六章

我们犯了多大的错误！我们是多么的幼稚和疏忽，经常只凭自己的直觉，而肯定一切的事与物，我们只是一群不懂事的孩子，一群自作聪明的傻瓜！

等我们了解过来的时候，往往什么都迟了。

一年很快地过去了，这一年，柯梦南在南部受训，我又即将毕业，生活就在书信往返和繁重的功课重压下度过。怀冰他们也都是大四了，每个人的生活都不像往年那样轻松，因此，圈圈里的聚会停止了，变成大家私下来往，即使是私下来往，也都不太多。我和怀冰、彤云姐妹比较接近，至于水孩儿和何飞飞，这一年几乎都没有见到过。

"何飞飞还是老样子，一天到晚嘻嘻哈哈的，没个正经样，"怀冰有时告诉我一些她的情形，"而且越来越疯疯癫癫了。现在人人都管她叫疯丫头了。"

"小俞追到她没有？"

"早就吹了，何飞飞这人呀，恐怕一辈子也不会恋爱，她眼睛里的男孩子和女孩子好像都没有什么分别的！"

"水孩儿呢？"

"要结婚了！"

"真的？"

"对象是个商人，经营塑胶加工的，比水孩儿大了二十岁，而且是续弦。"

"什么？"我惊异地问，"她干吗要嫁这样一个人？"

"那人是个华侨，可以带她到美国去，现在去美国变成一窝蜂了！"

"可是，水孩儿不是这样的人，"我肯定地说，"她一向就是个纯情派，既没有崇洋心理，也不爱虚荣，她是最不可能为金钱或物质繁荣而出卖自己的！"

"世界上的事没有绝对的，地球每秒钟都在转动，什么都在变。蓝采，你对人生又了解多少？"

真的，我对人生又了解多少？在接下来的那件大变故中，我才明白我实在一无所知！

又是暑假了。

柯梦南被调回台北某单位中受训了，这比我的毕业带来了更大的喜悦，一连好几个晚上，我都和柯梦南在一起，诉不完的思念之情，说不尽的相思之苦，欢乐中糅合着欢乐，喜悦中掺和着喜悦，我们又几乎把天地和日月都忘了。

整个圈圈里都知道柯梦南调回台北了，这个暑假是很特别的，大家都毕业了，男孩子们马上就要受军训，不知道会被分到什么地方去，女孩子们呢，有的准备要留学，有的准备要结婚，有的要到外埠去工作。我们这个小团体，眼看着就要各地分飞、风流云散了。如果我们还想聚会一下，这暑假最初的几天就是最后的机会了。刚好柯梦南有三天的休假，于是，谷风和怀冰发起了一趟旅行，决定大家一起去福隆海滨露营。

这是我们圈圈里最后一次的聚会。

我们全体都去了，浩浩荡荡的一大群人，带了四个帐篷，男生住两个，女生住两个。锅、盆、碗、壶都带全了，还有毛毯、被褥、游泳衣等。柯梦南还带着他的吉他。小何带了口琴。我们预计要在海边住两夜，玩三天。白天可以游泳，吃野餐。晚上可以赏月，听潮声。

海边美极了，蓝的海，蓝的天，白的浪，白的云，还有那些带着咸味的沙，和在浅海中游来游去的、五颜六色的热带鱼。我们把帐篷架好之后，就有一半的人都换上游泳衣，窜进了海浪里。离开了都市的烦嚣，我们开心得像一群小孩子，不断地在海边和水里呼叫着、嬉笑着、打闹着、追逐着。水孩儿和何飞飞在海浪中大打出手，彼此用海水泼洒着对方，然后又彼此去捉对方的脚,最后两个人都灌了好几口海水,把旁边的我们都笑弯了腰。

海边的第一天简直是醉人的,我们都被太阳晒得鼻尖脱皮、背脊发痛,都因为游泳过多而四肢酸软无力。但是,当落日被海浪所吞噬,当晚霞映红了海水,当晚风掠过海面,凉爽地扑面而来,我们又忘记疲倦了。海上的景致竟是千变万化的,我们神往地站在沙滩上,望着远天的云彩由白色转为金黄,由金黄转为橘红,由橘红转为绛紫,由绛紫而转为苍灰……海水的颜色也跟着云彩的变幻而变幻,美得使我们喘不过气来。然后,一下子,黑夜来了,天空闪烁出无数的小星星,海面变成了一片黑暗,闪耀着万道粼光,夹杂着海浪汹涌的、声势雄壮的呼啸、怒吼和高歌之声。

我们把毯子铺在沙滩上,大家浴着星光月光,坐在毯子上面。冥想的冥想,谈天的谈天。柯梦南怀抱着他的吉他,跟我坐在一块儿,有一声没一声地拨弄着琴弦。我的头倚在他的肩上,用全心灵在领会着生命的那份美、那份神奇。

接着,渔船出海了,一点一点的渔火,像无数的萤火虫,遍布在黑暗的海面上,把海面点缀得像梦境一般。渔火闪闪烁烁,明明暗暗,和天上的星光相映。我们眩惑了,迷醉了。

瞪视着海面,大家都无法说话,无法喘息,美呵!

我们一生也没有领略过这种美。尘世所有的困扰都远离我们而去，我们的生命是崭新的，我们的感情是醒觉的。这份美使我们不只感动，而且激动。

渔火慢慢地飘远了，飘远了，飘远了，终于被那茫茫的大海所吞噬了。当最后一点渔火消失之后，我禁不住长长地吐出一口气来。柯梦南也不知所以地叹息了一声，重新拨弄起他的琴弦，小何也吹起了口琴。

何飞飞不知道什么时候来到了我们的身边，用手抱着膝，她把下巴放在膝头上，安安静静地坐在那儿。她的大眼睛对柯梦南闪了闪，轻声地说："柯梦南，为我唱支歌吧！"

"为你吗？"柯梦南不经心地问。

"是的，为我，你的每支歌都让我着迷呢！"何飞飞说着，我不由自主地看了她一眼，忽然有某种异样的感觉，是我神经过敏吗？我觉得她的声音在颤抖。

"好吧，我唱一支，你喜欢听什么？"

"那支《给我梦想中的爱人》吧！"何飞飞说。

柯梦南拨弄着吉他，开始唱起那支歌来，歌声缠绵而轻柔地随着海风飘送，海浪拍击的声音成为他的伴奏。这歌有那么深的感人的力量，尽管我已经听了几百次，它仍然引发我胸中强烈的激情。

……

我曾几百度祈祷,

祈祷命运创造出神奇,

让我看到你,听到你,得到你,

让我诉一诉我的心曲,我的痴迷……

他唱完了,我们都那么感动。没有人鼓掌,怕掌声破坏了这份情调。大家静了好一会儿,四周只有风声、潮声,和柯梦南吉他的琤琮之声。然后,何飞飞悄悄地站了起来,一个人钻进帐篷里去了。

夜渐渐地深了,但是,大家都了无睡意,躺在毯子上,怀冰建议我们做竟夜之谈。我们谈着星星,谈着月亮,谈着海浪,谈着我们那些不着边际的梦想,论着谈着,有些人就这样睡着了。海风逐渐加强,我开始感到凉意,站起身来,我想去帐篷里拿一件毛衣,柯梦南一把拉住了我,说:"别走,蓝采。"

"去帐篷里拿一件衣服,马上来!"我说。

"一定要来呵,蓝采,我们一生都不会再碰到这么美的夜!"他说。

我怔了怔,这话何其不祥,但是,这是什么年代了,哪儿跑来这些迷信?我向帐篷走去,一面说:"一定就来。"

钻进了帐篷,我吃了一惊,帐篷顶上挂着一盏灯,灯下，何飞飞正孤独地睡在帐篷里，她的脸朝着帐篷的门口，眼睛清亮地睁着，满脸都是纵纵横横的泪痕。我喊了一声："何飞飞！"

她也猛然吃了一惊，似乎没有料到我的闯入，一骨碌从地上坐起来，她慌张地拭着泪痕，我跪下去，用手按住她的肩膀，我说："怎么了，何飞飞？"

"什么怎么了？"她做出一个勉强的笑容，反问了我一句。

"我没事呀！"

"告诉我，何飞飞，"我说，"到底是什么事？"

她对我扮了个鬼脸，笑着说："怎么我一定该有事呢？难道你以为我失恋了？"

我心里怦然一动，紧盯着她，我说："是吗？"

"什么是吗？"她装糊涂。

"你自己说的。"

"失恋？"她大笑，握着我的手说，"是呀，我告诉过你的嘛，我爱上柯梦南了。"

我继续紧盯着她。

"是吗？"我再问。

"哎呀，蓝采！"她叫了起来，"你以为全天下的女人都和你一样，会对柯梦南发狂的呀！"

"那么，你干吗要哭？"

"哭？谁说我哭来着？"她挑着眉梢，瞪视着我，嬉皮笑脸的。"告诉你吧,我在海水里泡得太久了,海水跑到眼睛里去了。当时我不觉得疼,现在眼睛越来越不舒服,风一吹就要流眼泪,所以我就到帐篷里来躺躺,刚刚滴了眼药水,你以为是什么?我在哭吗?"她叹了口气,"你们学文学的人呀,就是喜欢把任何事情都小说化!赶明儿你还会对人说,何飞飞失恋了,一个人躲在帐篷里哭呢!"

我凝视着她,是这样的吗?她那明朗的脸庞上,确实找不到什么乌云呢!显然又是我神经过敏了,何飞飞本不是个多愁善感的人嘛!我释然地站起身来,说:"那就好了,你还是多躺躺吧!外面风好大,当心眼睛发炎,别吹风吧。我来拿件毛衣。"

取了毛衣,我重新回到沙滩上,在柯梦南身边坐下来。柯梦南问:"怎么去了这么久?"

"何飞飞的眼睛不舒服,跟她谈了几句。"

"怎么了?"

"大概进了海水。"

我们不再关心何飞飞的事了,望着那像黑色缎子般反射着光亮的海水,望着那无边无际地闪烁着星星的天空,我们静静地依偎着,有谈不完的话、计划不完的未来。

"蓝采,跟我一起留学吧!我已经申请到三个学校的奖学金,仅仅靠奖学金,也够我们在国外的生活。"

他说。

"我丢不开妈妈,"我说,"她只有我一个女儿!"

"和她商量商量看!"

"如果和她商量,她会鼓励我跟你去,她是只为我的幸福着想的,我们不能太自私,是不,梦南?"

他沉吟了,我仰躺下来,头枕着手,望着天空。

"如果你要去,什么时候走?"我问。

"明年春天,我结训以后。不过,这还要看你,你不去,我也不去。"

"傻话!"我说,"你该去,我们可以先订婚,等你留学回来,我们再结婚!"

"谁知道我要去几年?"他说,"任何一种成功的引诱,都抵不上和你片刻的相聚。别说了,蓝采,你不去,我也不去。"

"你真是孩子气。"我说,"两情若是久长时,又岂在朝朝暮暮?"

"这是诗人的自欺之言,蓝采,"柯梦南说,"两情相知,就在于朝朝暮暮呢!假若爱人们都不在乎朝朝暮暮,那么也不必结婚,也不必因分别而痛苦了。总之,我是俗人,蓝采,我要争取能跟你相聚的每一分、每一秒,不但朝朝,而且暮暮!"

"你傻!柯梦南。"我说。

"是的,我把感情看得重于一切,名利,前途!这该是我母亲的遗传。"

"你很久没去看你父亲了吧?"我不经心地问。

"别提他!蓝采!"

"你不该和你父亲记恨,"我说,"他总归是你父亲!"

"他是个刽子手,他杀了我母亲!我永远不会原谅他,你别帮他说话!"他烦躁了起来。

"或者他是无意的,或者他不能自已,或者他有苦衷,你该给他解释的机会,不该拒绝他!例如我,虽然我的父母离婚了,但我不恨我的父亲,假若他有一天回来了,我会投进他的怀里去!"

"我们的情况不同,不要相提并论,"他打断了我,又冷冷地加了一句,"你辜负这么好的夜晚了,蓝采。"

我不再说了,我了解他,别看他外表很温柔,固执起来的时候,他是毫不讲理的。然后,我们又谈起别的来,谈起即将来到的黎明,谈起我们无数无数个明天。一直谈得我们那么疲倦,那么尽兴,那么销魂,然后,不知道怎么回事,我就这样睡着了。睡在天幕的底下,睡在大海的旁边。海,不断地汹涌着,喧闹着,歌唱着……是一曲最好的催眠曲。

第十七章

我被强烈的太阳光所照醒了,迎着阳光,我睁不开眼睛,支起身子来,我满头发里、满衣襟里都是沙。好不容易张开了眼睛,柯梦南正站在我面前,对着我微笑。

"早,"他说,"我的睡美人。"

"几点了?"我懒洋洋地问。

"不到七点。"

"太阳出得真早呀!"

"太阳五点钟就出来了,你错过了日出,又错过了渔船的归航。"

"你一夜都没有睡么?"我问。

"睡不着,看你睡比什么都好,像一幅最美的画。"

我有些腼腆,生平第一次,就这样在露天之下睡着了。何况,还在一个男人的注视之下。站起身来,我掠了捋头发，又扑掉满衣服的沙子。这才发现自己浑身都是沙，连睫毛上、眉毛中和嘴巴里都是。扑了半天，也弄不清爽，我说："我要去泡泡海水。"

"去吧！换游泳衣去，我等你！"

我向四面看了看，一半的人都已经换了游泳衣，钻进海浪里去了，还有几个犹在睡梦之中。柯梦南说："你去换衣服，我去给你买点吃的来，空着肚子游泳最不卫生！"

"好！"我说着，跑进帐篷里去了。

帐篷中很阴暗，但是也很闷热，何飞飞已经不在了，大概早就跑去游泳了。帐篷里只有水孩儿，也在翻找着游泳衣。

"你先换吧，我帮你看着门。"我说。

她换起衣服来，我说："听说你要结婚了。"

"是的。"她说。

"准备请大家吃喜酒吗？"

"恐怕没办法，他在美国，我要到美国去结婚。"

我望着她。

"水孩儿。"我喊。

"嗯？"

"你为什么要嫁这样一个人？你爱他吗？"

她愣了愣，用牙齿轻咬着嘴唇，注视着我。然后，她又继续换着衣服。

"并不是每一个人都和你一样幸运,可以得到爱情的,蓝采。"她说。

"我不懂。"

"我想,我和他谈不上爱情,"她说,"他需要一个妻子,看中了我的容貌,我呢——"她顿住了。

"你呢?"我追问,"你所为何来?"

她深深地注视着我,接着却不知所以地笑了笑,说:"就这么回事,嫁一个丈夫,有一个安定的家就行了,他的年纪比较大,可以保护我,我一向是需要人保护的,我很女性,我承认。"

"没有爱情的婚姻是可怕的!"我说。

"别武断!"她站到前面来,"帮我系一系带子!"

我帮她系好游泳衣的带子,她说:"我来帮你看门,你换衣服吧。"

我换着衣服,一面说:"我还是不懂你为什么要嫁给他?"

"蓝采,"她静静地说,"你一定要问,我就告诉你吧!我一度爱过一个人,柯梦南……噢,你别插口,听我说完,我很为他神魂颠倒过一阵,直到他和你恋爱了。好长一段时间,我怅然若失,然后,我碰到了这个人,他回台北来物色一个太太,对我很温柔、很体贴、很细心。于是,我想,我还有什么可求的呢?世界上只有一个柯梦南,不是吗?噢,别说,蓝采!就这样,我答应了他的求婚，不过，你放心，我会幸福的，结了婚，我就会竭尽心力去做一个好妻子，你懂吗？蓝采！你决不许为我担心，我今天会把这件事告诉你，就表示我对这事不在乎了。从今天开始，我们都把这件事抛开，谁都不要再提了，好不？"

我望着她，对她摇了摇头。

"水孩儿……"我想说什么，但我说不出来，只能呆呆地凝视着她。

"别烦恼，蓝采，我告诉你一句话，好吗？"她走过来，为我拉好游泳衣的拉链，揽住了我的腰，"我很快乐。"

"是真心话？"

"我发誓，百分之百的真实，我的那个他并不罗曼蒂克，但他很实在，对我，这样配合最好，因为我太爱做梦了。好了，别发呆了，你的他在叫你呢！"

真的，柯梦南正在外面直着喉咙喊："蓝采，你好了没有？蓝采！"

"去吧！"水孩儿拉了我一把，"我也要去游泳了！"

我们一起钻出帐篷，柯梦南正从远处走来。水孩儿对我和柯梦南抛下了一个微笑，就对着海浪冲过去了，我注视着她，直到她跑进了海水之中。柯梦南用手腕碰了碰我，说："你在干吗？这两杯牛奶都快要被太阳晒滚了！"

原来他一手端了一杯牛奶，穿过了辽阔的、太阳照射着的沙滩,又要维持牛奶不泼洒,又要注意脚下高低起伏的沙丘,已经走得满头满脸的汗珠,显得傻兮兮的。我看着他,禁不住扑哧一笑。接过牛奶,我说:"我真不知道你什么地方迷人!"

他一怔,说:"好说,蓝采,你从哪儿跑来这么一句话?"

"可是,"我长长地叹息了一声,"我爱你,柯梦南。"

他挽住了我,用手拍拍我的背脊。

"傻蓝采!"他说,"快喝牛奶吧。"

我们喝完了牛奶,放下杯子,他拉住我的手。

"走!我们游泳去!我要跟你比一下蛙式。"

我们手牵着手,向着大海跑去,海水淹没了我们的足踝、小腿、膝……我们继续跑着,一个大浪涌上来,一直扑到我们的下巴上,我大叫,他拉着我,把我拉倒下来,跟着海浪,我们淌出去了。

"游吧!"他说。

我们开始游了起来,像两条鱼,在水里穿梭不停。他潜在水中,捉住了我,把我拉到他的身边去,然后,在深深的水里,他吻住了我,我喘不过气来了,我们一起冲出水面,长长地透了一口气,拂掉满脸的水,我们注视着,相对大笑。

有个人穿了一身全红的游泳衣,像一支箭一般从水里射向我们,从我和柯梦南之间穿过去,把我们给分开了。那人从水里冒了出来,是何飞飞。

"噢,是你,何飞飞,"我笑着说,"你还是个冒失鬼,差点把我撞摔了。"她抹去了满脸的水,微笑地看着我和柯梦南,她的气色不好,眼睛红红肿肿的。柯梦南说:"你的眼睛没好,怎么又跑来游泳了?再给海水泡泡,待会儿又要叫疼了。"

"谢谢你的关心,"何飞飞笑着说,声音非常特别。"我的眼睛没病,病在这里,"她用手指指胸口,然后对我们嫣然一笑,摆摆手说,"好了,不打扰你们,刚刚水里那一幕太动人了!拜拜!"

一头栽进了水里,她搅起无数白色的泡沫,又溅起好多的水珠,像条人鱼般一蹿就蹿得好远好远。我们目送她游远了,柯梦南望了望我,耸耸肩说:"何飞飞是怎么回事?"

"她本来就是疯疯癫癫的嘛。"

柯梦南摇了摇头。

"不对,"他说,"她有些不对劲。"

柯梦南的话使我有种不安的感觉,但是,这份不安立即被柯梦南所分散了,他拉住我的手,说:"来吧,别管她了,我们游泳吧!"

我们又重新游了起来,在水中又是追逐,又是嬉笑,玩得好不开心。游累了,我就躺在沙滩上的遮阳伞底下,他坐在我的身边,静静地看着我,用手指在我的皮肤上轻轻地划着,我张开眼睛来,我们深深地注视,痴痴迷迷地相对而笑。

沙滩上突然有一阵骚动,我们看到人群向同一个方向跑去,我坐起身来,问:"出了什么事?"

然后,我看到三剑客从水中走上沙滩来,周围簇拥着一大堆人,小俞手里抱着一团红色。我直跳了起来,喘着气喊:"是何飞飞!"

柯梦南也跳了起来,我们向那边飞跑而去,一大群人围在那儿,我抓住了彤云,问:"怎么了?怎么了?"

"我也刚跑来,是何飞飞,不知道怎么了?"

我钻进人堆里,何飞飞正躺在地下,小俞在搓揉着她的腿,她却好好的,只是蹙着眉,咧着嘴叫"哎哟",我问:"什么事?怎么了?"

"没什么,"小俞笑嘻嘻地说,"她淘气嘛,腿又抽筋了!"

"噢,何飞飞,"彤云用手拍着胸口说,"你真吓了我一跳,我还以为来了条大鲨鱼,吃掉了你的一只脚呢!"

"哎哟,哎哟,好难受,"何飞飞一个劲儿地叫着,"你们别站在那儿笑嘛,帮我想想办法呀!"

"去帐篷里躺躺吧,"小俞说,"抽筋没什么好办法,我看你少游一点吧,这次旅行对你来说真不顺利,一会儿眼睛出毛病,一会儿腿又出毛病。"

"去帐篷吧,"怀冰说,"我的旅行袋里有松节油,擦

141

一擦试试看。"

我们扶着何飞飞走进帐篷,男孩子们看看没什么事,立即就散开了,我对柯梦南说:"我陪陪何飞飞,你去帮我们弄几瓶汽水来好不好?我口干了。"

柯梦南走了。我钻进帐篷,人都散光了,只有怀冰在给何飞飞擦松节油,一面揉擦着她的腿,以增加血液的循环。我走过去说:"让我来吧,我游了一个上午,也要休息一下了。"

"好,"怀冰把松节油和药棉递在我手里,"那就把她交给你吧!我还要去泡泡水。"

我接过了松节油和药棉,坐在何飞飞身边,帮她揉擦了起来,怀冰钻出了帐篷,回过头来交代了一句:"何飞飞,多休息一下,别马上又去游泳,腿抽一次筋就很容易抽第二次。好了,我等会儿再来。"

她走了,我搓着何飞飞的腿说:"你倒真会吓人,远看着小俞把你抱上岸来,我还以为你淹死了呢!"

她突然长叹了一声,把头转向一边说:"淹死倒也罢了!"

我愣了愣,说:"这是怎么了?你这两天怎么一直怪里怪气的?"

她猛地转过身子来面对着我,我从没有看过她这样的神情,她的眼睛睁得大大的,里面燃烧着炙热的火焰,脸色却苍白得像一张纸,连嘴唇都失去了颜色。她的手抓住了我的手腕，手指是冰冷而战栗的，她喘着气，胸部剧烈地起伏着，口齿不清地说："蓝采，你救救我，我真的要死掉了。"

"这……这……这……"我大惊失色，"你怎么了？何飞飞？这是怎么回事？"

她的手紧握住我的手腕，手指都陷进我的肌肉里，接着，她浑身都像发疟疾般颤抖起来。她的大眼睛一瞬也不瞬地盯着我，微仰着头，她像个跋涉于沙漠之中的垂死者，在期待一口水喝那样，哀恳地说："蓝采，你救救我吧，只有你能救我！我完全不知道该怎么办才好，我要死掉了。我宁可死掉！"

"慢慢说，好不好？"我急急地说，"只要我能帮你的忙。"

"我爱上了柯梦南。"

"什么？"我惊呼。

"你听到了吗，蓝采？"她用手掩住了脸，陡地大哭了起来，"我爱上了你的爱人！爱了好多年了！我为他要发疯要发狂，我用各种方法来逃避，我用一切嬉笑的面孔来掩饰自己，可是，我没有办法，我已经无法自拔，我爱他！我爱他！我爱他！我要为他死掉了！噢！蓝采！蓝采！蓝采！"

我吓呆了，吓怔了，吓得无法说话了。她跪在地上，用手摇撼着我，神经质地哭喊着说："你听到了吗，

143

蓝采？我爱他！从他在碧潭唱歌的那一天起，我就为他发疯了！我没有办法忘记他，我用了各种方法，各种方法！但是我忘不掉他呀！我不能再对你掩饰了，蓝采，你不知道我对他的那种感情，那种狂热，"她大大地喘着气，"我要死了！蓝采！"

她继续抓紧了我，我不由自主地向后退缩，嘴里喃喃地说着一些自己也不了解的话："你吓住了我……何飞飞，你吓住了我……你……你……别开玩笑吧！"

"开玩笑？我开玩笑？"她大叫了起来，脸色更加苍白了，她瞪着我的眼睛里喷着火，然后，她的牙齿紧咬住了嘴唇，她的头转向了一边，她咬得那么重，我看到鲜红的血液从她的嘴唇上滴了下来。放开了我，她背转身子去，用一种我从没有听过的那么凄楚的声音说："为什么我每次说出心中的话，别人都要当作我是开玩笑？"

我缩在那儿，不知道该如何回答，我还没有从那份惊吓中苏醒过来，帐篷中有了一阵短时间的岑寂，然后，她重重地甩了一下头，把头发甩向脑后，她的嘴唇还在流血，她的眼睛里闪耀着一种狂热的光彩，使她整个脸庞上都充满了某种疯狂的、野性的美丽。

"毫无用处的，是吗？"她对我说，声音显得无力而柔弱，"你无法救我的，是吗？"

我沉默了片刻，我的嘴唇干燥，喉咙枯涩。

"何飞飞，"我困难地说，"我不知道——我不知道该怎么说，我能怎样帮助你呢，何飞飞？你——你明白，爱情——并不是礼物，你——你懂吗？"

她对我缓慢地点了点头。

"我想，我懂，"她轻声地说，"我懂，我早就懂了，没有人能帮助我，没有！"她又咬住了嘴唇，旧的创口滴出了新的血，她转过身子，向帐篷外走。

"你去哪儿？"我本能地追问。

"去游泳，我的腿已经好了，海水可以冲掉一切，可以淹没一切！"她回过头来，对我凄凄楚楚地微笑，那微笑那么美，那么动人，那么孤苦，又那么无助，我一生都忘记不了那个微笑！"我去游泳，说不定海水可以浇灭我心头的火焰。忘记我对你说的话吧，我说了好多傻话，是不是？我真骨稽？是不是？"

"何飞飞！"我叫。

"再见！"

她"嗯"的一声，掀开帐篷的门，冲出去了。我也追到帐篷外面，这才看到，柯梦南抱着好几瓶汽水，像一根木桩般挺立在那儿，他一定听到了我和何飞飞的全部对白，他的脸色已经表明一切了。

蓦然看到他，何飞飞也大吃了一惊，但是，她并没有迟疑一秒钟，就对着大海跑过去了。柯梦南大喊了一声："何飞飞！"

接着，他的手一松，汽水瓶全体跌落在地下，汽水涌了出来，在沙子上冒着泡泡。他没有顾虑汽水，放开脚，他对着何飞飞追了过去，一面不停地喊着："何飞飞！何飞飞！何飞飞！"

一种锋利的、异样的感觉，尖锐地刺痛了我，我听到我自己的声音，严厉地喊："柯梦南！站住！"

他站住了，茫然地回过头来，瞪视着我。

"你要做什么？"我问。

"我——我——"他错愕地说，"我不知道。"

"你为什么要追她？"我问，喉咙更干了，"你听到她对我说的话了？"

他点点头。

"追到她以后，你要对她说什么？"我问，那尖锐的刺痛越来越厉害。

"我——我不知道。"他显得困惑而迷茫，"我只觉得应该去追她。"

我心里像烧着一盆火，有两股发热而潮湿的东西冲进我的眼眶里了，我望着面前这个男人，这个使多少女孩子魂牵梦萦的男人！我是个幸运者，不是吗？

"我为什么会和你恋爱？为什么？"我啜泣着说，"我背着多大的重负！先有彤云，又有水孩儿，现在又是何飞飞，我——我为什么要爱上你？"

"哦，蓝采，"他的声音显得轻飘飘的，"你别哭，蓝采。"

我真的哭了起来，因为那声音，那声音突然对我显得陌生了起来。某种直觉告诉我，何飞飞要得到他了。他不再是我的柯梦南了，他虽然站在我的身边，但是他的心已经不在这儿了。

"别哭，别哭，蓝采！"他重复地说着，他的手拍抚着我的肩，但是，他的眼睛正搜索着海面。

"你爱上她了。"我说。

"别傻！蓝采！"

"说不定你早就爱上她了，而你自己不知道。"

"别说傻话吧！蓝采！"他有些烦躁地跺了一下脚，"我应该追她去！"

"是的，你应该！"我尖刻地说，"去吧！你去吧！"

"蓝采！"他停了下来，用手捧住我的脸，他深深地注视我，然后，他叹息了一声，"好吧，蓝采，我哪儿都不去，陪你在这儿坐坐，好不好？"他拉着我坐在帐篷的阴影里。"别哭了，好吗？擦擦眼泪吧，好吗？最起码，这并不是我的过失，是不是？"

我擦干了眼泪，我们坐在那儿，有好半天都没有说话，我心中有种模糊的恐惧，悄悄地注视着他，我觉得他跟我之间的距离越变越远了。他的手无意识地掬着沙子，他的眼睛仍然迷茫地投向海面。

我们不知道这样坐了多久，然后，我听到三剑客在大声呼叫，我听到许许多多的人声，看到所有的人群在往海边跑,我本能地站起身来,但是,我的腿在发抖,这种颤抖又立即由我的腿蔓延到我的四肢,我想跑出去,却无法移动我的脚,我看到柯梦南抓住了飞跑过来的无事忙。

"出了什么事?"是柯梦南紧张的声音。

"何飞飞,她的腿又抽筋了,我们来不及救她!我要找一点酒精!"

"她怎样了?"柯梦南大声吼叫着问。

"在那边沙滩上,救生员和三剑客正在给她施人工呼吸!"

柯梦南拉着我向那边奔过去,我跌倒,又爬起来,爬起来,又跌倒,就这样跌跌撞撞的,我自己也不知道怎么跑到海边的。一大群人包围在那儿,却是死一般的寂静,我听到柯梦南在尖声地问:"她怎样?"

"死了!"不知是谁的回答。

我听到一声可怕的尖叫,划破了寂静的空气,冲破了汹涌的潮声,最后,才知道那声音竟发自我的口中。我用手蒙住了脸,狂叫着说:"不!不!不!不!不!不要!不要!不要!……"

有人扶住了我,我的头左右转侧着,不停地、疯狂地哭喊着说:"不要,不要,不要,不要……何飞飞,求你,求你,求你!……"

接着,我的眼前一片漆黑,我倒了下去,失去了知觉。

第十八章

接着,我病了。

一连三天,我都是昏昏沉沉的,我脑海里一直浮着何飞飞的影子,不论是醒着,或是睡梦中,我都看到何飞飞,用一对燃烧着的眸子瞪着我,用一双冰冷的手抓紧了我,哀恳地喊:"蓝采!你救救我吧!我要死了!你救救我!"

哦!何飞飞,何飞飞,何飞飞!我叫着,喊着,哭着,何飞飞!何飞飞!何飞飞!我哭得喘不过气来,挣扎着要抬起身子来,于是,有一双温暖的手按倒了我,一个细致的、轻柔的而又焦虑的声音在我耳边响起:"蓝采,别动,好好地躺着,你在发烧呢!"

那是妈妈,我张开眼睛,一把抓住了妈妈的手,我喘息地哭喊着说:"妈妈!你知道我做了些什么?我杀了何飞飞了！妈妈！"

我尖声地狂叫着："我杀了何飞飞了！我杀死了她！我杀死了她！你知道吗？妈妈！妈妈！妈妈！"

"噢，蓝采，别哭，别哭，别哭！"妈妈拍抚着我，用冷毛巾压在我的额上，不断地拭去我脸上的汗，"那不是你的错，蓝采，那不是你的错！"

"是我的错！是我的！是我的！"我大喊着，死命地扯住妈妈的衣服，"我拒绝帮助她！我让她心碎地跑开，又阻止柯梦南去追她！我害死她了！我杀死她了！妈妈！是我的错呀！妈妈！妈妈！"

我周身淌着汗，汗湿透了我的衣服、被单和枕套。我不停地哭喊着，哭喊着，哭喊着……但是，我再也喊不回何飞飞了！那个天真可人的女孩子！那个时时刻刻把欢乐播撒给大家的女孩子！噢！何飞飞！何飞飞！何飞飞！我每呼唤一声，这名字就像一把刀一样从我心脏划过去。于是，我忽然停止了哭喊，像弹簧一般从床上坐起来，拉住妈妈的手说："妈妈，我在做噩梦吗？根本没有福隆啦、露营啦、游泳啦这些事，是不是？何飞飞还好好的，是不是？妈妈，是不是？是不是？"

妈妈用悲哀的眼光看着我，我摇撼着她，大喊："是不是？是不是？妈妈！你告诉我！何飞飞在哪儿？何飞飞在哪儿？"

妈妈拭去了眼中的泪水，用手抱着我，一迭连声地说:"孩子,孩子,孩子,我的孩子!"

于是,我大哭,哭倒在妈妈的怀里,妈妈也哭,我们哭成了一团。可是,我们哭不醒何飞飞,哭不回何飞飞。

三天后,我的烧退了,人也清醒了,只是软弱、无力,而满怀悲痛。我已经无法记忆我是怎么被送回家的,也无法记忆何飞飞是怎样被运回台北的。我最后的印象,就是沙滩上的一幕,何飞飞穿着火红的游泳衣,一动也不动地躺在那儿。

对我而言,这三天的日子,比三百个世纪还长久。奇怪的是,三天中,柯梦南一次也没有来看过我,我也几乎没有想到过他。我了解,他现在的心情一定比我更复杂、更惨痛。

或者,他还会有些怨我、恨我。我是该被怨的、被恨的,经过了这件事,我知道,我跟柯梦南之间,一切都不同了,不单纯了,也不美了。但是,我没有多余的精力来思索我和柯梦南的关系,我全部思想都还停留在何飞飞身上。一而再、再而三地去幻想整个的事件只是个梦,徒劳地渴求着醒来,醒来,醒来……醒来后一睁开眼睛,能看到何飞飞就在我面前,咧着嘴大笑着说:"哎哟,真骨稽!真骨稽得要死掉了!我是逗你玩的呢!冤你的呢!"

如果她并没有淹死,如果整个只是她开的玩笑,我决不会和她生气,我会抱住她,亲她,吻她。只要……只要……

"只要这不是真的!"

第四天,怀冰来了,坐在我的床边,我们相对无言,接着,两人就抱头痛哭了起来。她一边哭,一边帮我擦着眼泪,一边说:"蓝采,你绝不可以为这件事情怪你自己,绝不可以太伤心!"

"是我杀了她!怀冰,是我杀了她!"我哭着说,固执地说,"你不知道,是我杀了她!她来向我求救,你猜我怎么回答她?我说:'你要我怎么帮助你?爱情又不是礼物!'噢,怀冰,我杀了她了!她是安心去死的,我知道!"

"不,不,不是这样的,"怀冰也哭着,紧揽住我说,"你听我说,蓝采,你不可以这样想!出事的时候我也在,她是腿抽筋了,我听到她喊哎哟,也听到她呼救,可是那时候大家距离她都太远,她一向就是任性的,你知道,我们拼命游过去,她已经躺到警戒线外面去了,她还冒起来过两次,等无事忙抓住她的时候,已经晚了。总之,蓝采,这一切都是意外,你绝不可以那样想,你懂吗?"

"是我杀她的!"我说,"怎么讲都是我杀她的!我曾经阻止柯梦南去追她,假若柯梦南追到了她,一切就不会发生了!"

"你怎么知道呢，蓝采？"怀冰说，"说不定追到之后，悲剧发生得更大，你怎么知道呢？蓝采，别自责了，说起来，我也要负责任，假若我不发起这一趟旅行，噢，蓝采！"她掩住脸，泣不成声。"假如我们能预卜未来的不幸就好了！假如我们能阻止人生的悲剧……噢，蓝采，我们是人，不是神哪！"

我们相对痛哭，哭得无法说话，妈妈也在一边陪着我们流泪。哭了好久好久之后，我问："何飞飞呢？葬了吗？"

"没有，明天开吊，开吊之后就下葬。"

"明天？"我咬咬嘴唇，"我要去！"

"你别去吧！"怀冰说，"你还在生病！你会受不了的，别去了，蓝采！"

"我要去！我一定要去！"我坚定地说，"明天几点钟？"

"早上九点。"

我沉吟了一会儿，轻轻地问："她的父母说过什么？"

"两位老人家，噢！"怀冰又哭了，"他们不会说话了，他们呆了、傻了，何飞飞是他们的独生女儿，好不容易巴望着读大学毕业……噢！蓝采！"

我们又痛哭不止，手握着手，我们哭得肝肠寸断。啊，何飞飞！何飞飞！何飞飞！我们的何飞飞！

人怎么会死呢？我一直想不明白。一个活生生的、能哭、能笑、能说、能闹的人，怎么会在一刹那间就从世间消失？怎么会呢？怎么可能呢？当我站在何飞飞的灵前，注视着她那巨幅的遗容，我这种感觉就更重了。她那张照片还是那么"骨稽"，笑得好美好美，露着一口整齐的白牙齿，眉飞色舞的。她是那样富有活力，是那样一个生命力强而旺的人，她怎会死去？她怎能死去？

我们整个圈圈里的人都到了，默默地站在何飞飞的灵柩之前，这是我们最凄惨的一次聚会，没有一点笑声，没有一点喧闹，大家都哭得眼睛红红的，而仍然抑制不住啼嘘和呜咽。柯梦南呆呆地站在那儿，像一座塑像，他苍白憔悴得找不出丝毫往日的风采。我和他几乎没有交谈，除了当我刚走进灵房，他曾迎过来，低低地喊了一声："蓝采！"

我望着他，徒劳地嚅动着嘴唇，却说不出一句话来，他也立即转开了头，因为眼泪已经充塞在他的眼眶里了。我们没有再说什么，就一直走到何飞飞的遗容前面，我行不完礼，已经泣不成声。怀冰走上来，把我扶了下去，我嘴里还喃喃地、不停地自语着说："这是假的，这是梦，我马上会醒过来的！"

但是我没醒过来，我一直在梦中，在这个醒不了的噩梦之中！

何飞飞的父母亲都没有在灵前答礼，想必他们都已经太哀痛了，哀痛得无法出来面对我们了。在灵前答礼的是他们的亲属。直到吊祭将完毕的时候，何飞飞的母亲才走出来。她没有泪，没有表情，像个丧失了思想能力和一切意志的人，苍老、疲倦，而麻木。她手里捧着一沓沓厚厚的本子，一直走向我们，用平平板板的声音说："你们之中，谁是柯梦南？"

柯梦南一惊，本能地迎了上去，说："是我，伯母。"

何老太太抬起干枯而无神的眼睛来，打量着柯梦南，然后，她安安静静地说："你杀了我的女儿了！柯梦南。"她把怀里的本子递到柯梦南手里，再说："这是她生前的日记，我留着它也没有用了。几年来，这些本子里都几乎只有你一个人的名字，我把它送给你，拿去吧！"她摇摇头，深深地望着柯梦南，重复地说："你杀了她了，我知道她是怎么死的，你杀了她了！"

柯梦南捧着那些本子，定定地站在那儿，没有一个字可以形容他那时脸上的表情，他的面色死灰，嘴唇苍白，眼光惊痛而绝望。那位哀伤过度的老太太不再说话，也不再看我们，就掉转头走到后面去了。柯梦南仍然站在那儿，头上冒着汗珠，嘴唇颤抖，面色如死。

谷风走上前去，轻轻地拍抚着他的背脊，安慰地说："别在意，柯梦南，老太太是太伤心了！"

柯梦南一语不发地掉过头来，捧着那些日记本向门口走去，他经过我的身边，站住了，他用哀痛欲绝的眼光望着我，低低地说："我们做了些什么，蓝采？"

我咬住了嘴唇,不由自主地闭上眼睛,等我再睁开眼睛的时候,柯梦南已经走到门口了,我下意识地追到了门口,抓住门框,我惶然无主地问:"你——要到哪里去?"

他回过头来看着我,他的眼光突然变得那么陌生了。

"我——要去看一个人。"

"谁?"

"我父亲。"他唇角牵动着,忽然凄苦地微笑了起来,"我该去看看他了。"

他转身要走,我忍不住地喊:"柯梦南!"

他再度站住,我们相对注视,好半天,他才轻轻地说:"蓝采,你知道,从今之后,对于我——"他停顿了一下,眼光茫然凄恻,"——生活里是无梦也无歌了,你懂吗,蓝采?"

我凝视着他,感到五脏六腑都被捣碎了。我懂吗?我当然懂。从今后,生活里是无梦也无歌了,岂止是他?我更是无梦也无歌了。

我没有再说话,只对他点了点头。

他走了,捧着那沓日记本,捧着一颗少女的心。

他走了。

何飞飞在当天下午,被葬在碧潭之侧。

第十九章

这就是我们的故事。

我常回忆起何飞飞的话:"瞧,整个就像演戏,谁知道若干年后,咱们这场戏会演成个什么局面?"

演成个什么局面?我们是一群多么笨拙的演员!还能演得更糟吗?还能演得更惨吗?到此为止,这场戏也该闭幕了。

那年冬天,水孩儿离台去美国结婚了,接着,美玲、小魏、老蔡……也纷纷离台。至于柯梦南,他是第二年的初春走的。

柯梦南离台的前夕,我和他曾经漫步在冷冷清清的街道上,做过一次长谈。自从何飞飞死后,我很少和他见面,这是葬礼之后我们的第一次倾谈,也是最后一次。我们走了很多很多的路,一直走到夜深。那又是个"恻恻轻寒翦翦风"的季节,天上还飘着些毛毛雨,夜风带着瑟瑟的凉意。我们肩并着肩,慢慢地踱着步子,穿过一条又一条的街道,步行于细雨霏微之中。

从化装舞会那夜开始,我就不知有多少次这样依偎着他,在街道上漫步谈天,诉说着我们的过去未来。但是,这一次和以前却是大大地不同了。我们都不再是以前的我们了,宇宙经过了一次爆炸后再重新组合,一切都已不复旧时形状。我们谈着、走着,都那么冷静,那么客观,又那么淡然,就像两个多年相处的老友,闲来无事,在谈他们的狗和高尔夫球似的。

"这次去意大利,是学声乐,还是作曲?"我问。

"主要是声乐,但是也要兼修作曲和管弦乐。"他说。

"要学几年?"

"学到学成为止。"

"我相信你会成功的。"

他没有答话,他的眼睛望着雨雾迷蒙的前方,嘴边浮起一个飘忽的微笑,这微笑刺痛了我,我发现我说的话毫无意义。我们沉默了很久,轻风翦翦,凉意深深,而细雨朦胧。

好一会儿,他说:"蓝采。"

"嗯?"

"我们曾经有过一段很美丽的时光,是不是?"

"唔。"我模糊地应了一声,不太了解他这句话的用意。

"我永远不会忘记那段日子！"他轻声地说，"那是我生命里最美好的一部分。不过，蓝采，"他看了我一眼，"你一向最崇拜真实，我必须告诉你，假若何飞飞复活……"

"我知道，"我打断他，"你会爱上她。"

他低下了头，没有说话。我看看黑蒙蒙的天空，又看看那长而空的街头。心里十分明白，我的话说得还不够贴切，事实上，他已经爱上何飞飞了。

"那是一个好女孩。"好半天之后，他轻声地说，"假若你看过她的日记，那么深情，那么痴狂……噢！"他的喉咙塞住了，他没有说完他的话，他的眼光又投向空漠的雨雾了。仿佛那雨雾中有着他寻找的什么东西。

"她不该把这份感情隐藏起来。"我低声自语。

"她没有隐藏，她一再表示，表示了又表示，我们却从不重视她的话。"柯梦南叹了口气，"我是个傻瓜！"

我的心脏绞痛了起来，我已经没有地位了！往昔多少恩情，现在皆成泡影。我毕竟没有跟他远渡重洋，跟着他去的，是何飞飞的影子。

"蓝采。"他又叫了一声。

"嗯。"我茫然地应着。

"你会不会怪我？"

"我？怪你？"我望着他，他的眼光已从雨雾中收回来了，关注地凝视着我，那眼光非常温柔，温柔得使我不能不幻觉往日那个他又回来了。但，我并不糊涂，他的关注中有着浓厚的友情，却绝非爱情。"不，柯梦南，"我语音含糊地说，"别提了，我想，我们有生之年，都会想念一个人，何飞飞。经过了这件事，我们不可能再重寻那段感情了，一切都已经变了，是不是？"

"是的，"他点点头，深深地望着我，"不过，蓝采，你仍然让我心折。"

我凄苦地笑了笑。

"答应我一件事，蓝采。"他振作了一下，说。

"什么？"

"和我通信，把你的情况随时告诉我。"

"我会的。"

他站住了，我们彼此凝视着，雨雾飘在我们脸上，凉凉的，风卷起了我的衣角，吹乱了我的头发。他帮我拉起了风衣的衣襟，扣上大襟前的扣子。在这一刹那间，我们觉得彼此很接近、很了解，但，往日的一切，也从那蓊蓊微风中溜走了，我们彼此了解、彼此欣赏，却不是爱情！

"你真好，蓝采。"他说，"我走了之后，会想念你的。"

"我也会。"我微笑地说，"还会回来吗？"

"我会回来的，一定会回来！"他坚决地说，"这儿是我的土地呀！"

"你回来的时候,我要去飞机场接你。"我说。

"一言为定!"他说,也微笑着,"不论是多少年后,你一定要到飞机场来!"

"一定!"

"勾勾小指头吧!"他伸出小手指,我也伸出小手指,我们在雨雾中勾紧了手指头,他笑着说:"好了,这下可说定了,不许赖,也不许忘!"

我们凝视着,都笑了起来,笑得像一对小孩子,一对无忧无虑的小孩子,好开心好开心似的。可是,当我回到了家里,我却哭了起来,哭得好伤心好伤心,我为所有我失去的欢乐而哭,为死去的何飞飞而哭,为那段随风而去的爱情而哭……

妈妈揽住了我,不停地低唤着:"蓝采,蓝采,蓝采,蓝采。"

"妈妈。"我哭着,紧抱着她,把我的眼泪揉在她的身上。

"为什么人生是这样的?为什么我要遭遇这些事情?"

"别哭了,孩子,"妈妈擦拭着我的眼泪说,"没有谁的生命里是没有眼泪的,看开一点吧!你还年轻呢,在继起的岁月里去制造欢笑吧!"

"可是,妈妈,"我哭着说,"失去的是不会再回来了。"

"谁没有'失去'的东西呢?"妈妈说,"有的人比你失去得更多!擦干眼泪吧,蓝采,让我们一起来等待吧！等待一个充满欢笑的日子！"

"即使有那个日子，也和逝去的不同了！"我啜泣着。

是的，绝不可能再有这样的日子了，那些疯狂的、欢笑的、做梦的岁月！

第二十章

　　日月忽其不淹兮，
　　春与秋其代序。

　　岁月的轮子不停地转着，转着，转着……春天，夏天，秋天，冬天，季节如飞地更迭，一年，一年，又一年……就这样，十年的日子滑过去了。

　　十年间，一切都不同了，我们有多少变化！当年疯疯癫癫的一群，现在都相继为人父或为人母了。结婚的结婚，离台的离台，奔波于事业的奔波于事业，忙碌于家庭的忙碌于家庭，再也没有圈圈里的聚会了。非但没有聚会，即使是私下来往，也并不太多。可是，今夕何夕？今夕何夕？

　　炉火仍然烧得很旺，水孩儿坐在火边，沉思地握着火钳,下意识地拨弄着炉火。她的脸被火光映红了,依旧有"水汪汪"的皮肤和"水汪汪"的眸子。怀冰用手托着腮,依偎着谷风,眼睛迷茫地瞪着天花板上的吊灯。紫云彤云两姐妹也安安静静地斜靠在沙发中,三剑客、无事忙、纫兰都没有说话,室内显得那样静,只有炉火发出轻微的爆裂之声,和窗外那蓊蓊微风拂动着窗棂的声响。我们都无法说话,都沉浸在十年前的往事里,那些疯狂的、欢笑的、做梦的岁月!

是的,十年,好漫长的一段时间!这十年的岁月对于我是残忍的。首先,自柯梦南走后,我就神思恍惚了达一年之久。一年后,我振作起来了,也获得一份待遇不错的工作,在一个私人的商业机构里当英文秘书。我正以为新的生命从此开始,妈妈就病倒了。那是一段长时间的挣扎,妈妈患的是肝癌,辗转病榻整整三年。三年中,我要工作,我要侍候妈妈,我要应付庞大的医药费,而妈妈终于不治。当妈妈去了,我认为我也完了,妈妈临终的时候,曾经握着我的手说:"你多少岁了?蓝采?"

"二十五。"我啜泣着回答。

"都这么大了!"妈妈唇边浮起一个满足的微笑,说,"还记得你小时候,胆子那么小,一直不肯学走路,每次摔了都要哭,我用一根皮带绑着你,牵着你走。你仍然学不会,后来我拿掉了皮带,不管你,你反而很快就会走了。"她笑着凝视我,慢慢地说:"二十五,你不需要皮带了,你会走得很稳。"

她去了。好久好久,我总是回忆着她的话,每当我午夜从睡梦中哭醒过来,或绝望得不想生存的时候,我就想着她的话。是的,我该走得很稳了,我不能再摔了。咬着牙,我忍受了许多坎坷的命运,孤独地在这人生的旅程上走了下去。

可是,生命里是无梦也无歌了。我这一生,只有一次惊心动魄的恋爱。此后,这一章里就是一片空白。柯梦南刚走的时候,我们还通过几封信,等到妈妈卧病之后,我再也没有情绪和时间给他写信了。他接连给了我两封信,我都没有回复,他也不再来信了。接着,我又几度搬家,当妈妈去世后,我也尝试地给他写过一封信,这封信却以"收信人已迁移"的理由被退了回来。从此,我和他失去了联络,事实上,整个圈圈里都没有他的消息了。

但,十年后的今天,他要回来了,不再是当年那个默默无名的男孩子,而成为在国际上享有盛誉的声乐家。整个报章上都是他的消息,他将回台演唱一个星期,然后继续去意大利学习。报章上一再强调着:"名声乐家柯梦南先生不但年轻即享有盛誉,且至今尚未成婚,这对台湾的名媛闺秀,将是一大喜讯。据可靠人士称,柯先生此次回台,也与婚事有关。"

是吗？谁知道呢？还没有结婚，为什么？在海外没有合适的对象吗？忘不掉十年前的一段往事吗？当然，我不能否认，他回台的消息给我带来不小的震撼，往事依稀，旧梦如烟，回首前尘，我能不感慨？！

"好了，我们研究研究吧！"无事忙打破了室内的寂静，把我们从十年前拉回到现实，"我们到底怎样欢迎柯梦南？"

"为他举行一个宴会如何？"小俞说。

"他这一回来，参加的宴会一定不会少，"怀冰说，"而且，他总免不了要吃我们几顿的，这还用说吗？我觉得，总该有点特别的花样才好，想想看，我们原是怎样的朋友！"

"起码我们要举行一次郊游，"谷风说，"像以前一样的，找一个风景优美的地方去吃吃烤肉。"

"再到谷风家去疯一疯，闹一闹，跳一跳舞，"小张接口，"当然，他免不了要为我们唱几支旧歌，这是不收门票的，你们还记得他最爱唱的那支《有人告诉我》吗？"

我们怎会忘记呢？怎能忘记呢？大家都兴奋起来了，提起旧事，又给我们带来了当年的热情。大家开始七嘴八舌地作各种建议，关于如何去欢迎那位天涯归客，如何重拾当年的歌声笑痕。大家都说得很多，要再举行郊游，要去碧潭划船，要吃烤肉，要举行舞会……要这个，要那个，要做几千几百件以前做过的事情……谈得热闹极了。只有我和水孩儿说得最少，我是心中充满了乱七八糟的感触，简直分不清楚是怎样一种感觉，酸、甜、苦、辣、咸各种滋味都有，再加上几分喜悦、几分惶惑和几分感伤，把我整个胸怀都胀得满满的，再也没有心思说话，也不知道该说些什么。至于水孩儿呢？她的沉默应该也不简单吧。五年前，她从美国回来，离了婚，淡妆素服地来探访我，那时我刚刚丧母，正是心情最坏的时候，坐在我的小书房里，我问她："你为什么回来？"

"水土不服，"她淡淡地笑着，笑得好凄凉，"我过惯了亚热带的气候，那儿太冷了。"

于是，我没有再问什么，我们默默地并坐在窗前，坐了一整个下午，迎接着暮色和黄昏。

而今，她沉默的面庞不仅唤回我五年前的回忆，也唤回我十年前的回忆，在福隆海滨的帐篷里，她曾无巧不巧地和何飞飞先后向我述说她的隐情。现在，何飞飞墓草已青，尸骨已寒，我再也无法唤回她。而水孩儿却风姿楚楚，不减当年！或者，我可以为她做一些什么，柯梦南尚未结婚，不是吗？

"想什么，蓝采？"彤云打断了我的思想，"你怎么一直不说话？你同意我们的提议吗？"

"当然，"我说，"我没什么意见。"

"记住,"水孩儿安安静静地插了一句,"节目单里别忘记一件事,我们要去何飞飞的墓前凭吊一下。"

"是的,"怀冰说,"我们是应该集体去一次了,假若……"

她没有说完她的话,但是,我们都明白她要说的是什么,假若何飞飞还活着有多好!那么,今晚的讨论就不知道会热闹多少。可是,如果何飞飞还活着,一切又怎会是今天这样的局面呢?

"我们来具体研究一下吧,"祖望一向是我们之中最有条理的人,"报上说他是明天下午五时半的飞机抵达,我们当然要去飞机场接接他,要不要准备一束花?"

"准备一束菊花吧,"怀冰说,"台湾特产的万寿菊,有家乡风味。"

"好,那就这样吧,花交给我来办。当天晚上,我们就请他去吃一顿,怎样?"祖望继续说。

"这要看柯梦南了,"紫云接口,"你怎么知道他当天晚上的时间可以给我们?人家还有父母在台湾呢!"

"我打包票他宁愿跟我们在一起而不愿和他父母在一起,他母亲又不是生母,而且……想想看,我们当初是怎么样的朋友!"怀冰又说了一次,有意无意地看了我一眼。

"好,算他可以和我们聚餐,晚上,我们一定有许许多多话要谈。那就别提了,一块儿到谷风家去吧,怎样?"祖望望着谷风。

"当然，"谷风马上应口，"一定到我家去！和以前一样！多久没有这样的盛会了，我和怀冰准备宵夜请客！"

"第一晚去谷风家，第二、三、四晚他要在艺术馆演唱，当然我们每场都要去听的，是不？"祖望问。

"我负责买票的事好了。"小俞说，"听说票已经都订完了，我要去想想办法。"

"第五天到第七天他都没事，我们一天去情人谷吃烤肉，一天去乌来，一天……"

"别太打如意算盘，"小张说，"他现在回来是名人了，难道就只陪着我们疯！"

"我打赌他这一个星期都会跟我们在一起，他那人又重感情又念旧，说不定一星期后，他根本不回意大利了。"小俞说，"瞧吧，假若我的话不灵，我宁愿在地下滚。"十年过去了，他那动不动就"滚"的毛病依然不改。

"那么，我们明天是不是分头去机场？"小何问。

"还是到蓝采家集合了一块儿去吧！"谷风说，"我们这支欢迎队伍要浩浩荡荡地开了去才过瘾，也给柯梦南壮壮声势！"

"你们猜他看到我们会不会很意外？"纫兰问。

"说不定，"紫云说，"他一定没料到我们会有这么多人去！"

"我真希望马上就是明天下午，"彤云说，"真希望看看出了名的柯梦南是副什么样子！"

"我打赌他不会有什么改变，"小俞说，"一定还是那样温温和和的，亲切而又热情的！"

"我真想听他唱！"纫兰说，"等不及地想听他唱！蓝采，你猜他会不会在演唱会里唱那支《有人告诉我》？"

"我们建议他唱，好不好？"彤云兴奋地喊着，"为我们而唱！"

"他一定会唱的！我打赌！"小俞叫着说。

"我也猜他会唱！"小何说，"还有那支《给我梦想中的爱人》！"

噢！明天！明天！明天！等不及的明天！柯梦南，他可曾知道我们今夜的种种安排吗？他可曾知道空间和时间都没有隔开他的友人们吗？柯梦南，柯梦南，你多幸运！

夜深了，我们的讨论也都有了结果，一切要等明天见了柯梦南再作进一步的计划。我的客人们纷纷起身告辞，我站在门口，目送他们离去，在他们兴奋而热情的脸上，我仿佛找回了一部分失去的欢乐和青春。望着那飘着细雨的夜空，我的情绪恍惚而朦胧。

水孩儿留了下来，我们坐在火炉旁边，静静地凝视着对方。

"蓝采！"好半天，她轻唤着我。

"嗯？"

"想什么？"

"没什么。"我摇摇头。

"我希望——蓝采，"她深深地望着我，"你能重拾往日的感情，这幕戏——应该是喜剧结束。"

"你不懂，"我再摇摇头，"水孩儿，你别忘了，十年的时间可以改变很多很多的东西，我已经不是当年心情，也不是当年的我了。"

"可是，你并没有忘怀他。"她静静地说。

"你呢？"我问。

"我？"她淡淡地一笑，"我早就把什么都看开了。对人生，我的态度是'淡然处之'。"

"我也是。"我说。

我们对视着，良久良久，她笑了，说："无论如何，蓝采，我祝福你，诚心诚意的！"

"我也祝福你！"

我们都笑了，炉火熊熊地燃烧着，窗外有风，低幽而轻柔。

第二十一章

我们准时到了飞机场。

飞机还没有到达,但是机场已经挤满了人潮,人多得远超过我们的预料,仿佛都是来接柯梦南的。整个一个松山机场的大厅里,有采访记者,有摄影记者,有教育界和政界的代表,还有举着欢迎旗子的各音乐团体,什么音乐学会、交响乐团、合唱团、国乐团,等等。我们十几个人一走进机场大厅,都被那些人潮所湮没了。没有欢迎旗子,没有划一的服装,又没有背在背上很引人注目的摄影机,我们这一群一点也不像我们预料的那么"浩浩荡荡",反而显得很渺小。

不过,我们也有份意外的骄傲和惊喜,小俞首先就嚷着说:"哈,这么多的人!咱们的柯梦南毕竟不凡啊!"

我们四面张望着,在人群里钻来钻去,三剑客和无事忙等都高高地昂着头，大有要向全世界宣布我们和柯梦南的关系似的。人们都在议论着柯梦南，每听到他的名字被提起一次。我们就更增加一份骄傲和喜悦。怀冰捧着一大束万寿菊和黄玫瑰，笑得好得意好开心。拉着我，她不断地说："蓝采，你想得到吗？柯梦南会轰动成这样子！"

人群熙攘着，把我们往前往后地挤来挤去，虽然外面还在下着雨，大厅里却热烘烘的。我心中的情绪复杂到了极点，越接近柯梦南抵达的时间，我心里就越乱。我想，隔着衣服，都可以看到我心脏的跳动。柯梦南，柯梦南，他毕竟要回来了！衣锦荣归，他还是以前那个他吗？见了我的第一句话，他会说什么？我又会说什么？十年前他离台的前夕，我说过："你回来的时候，我要去飞机场接你！"

现在，我站在飞机场了，我没有失信，我和他勾过小指头，一言为定！见了他，我怎样说呢？或者，我该淡淡地说一句："我没有失信吧，柯梦南？"

他会怎样呢？他还有那对深沉而动人的眸子吗？他还有那个从容不迫的微笑吗？他还是那样亲切而热情吗？在这么多这么多人的面前，我们将说些什么呢？

机场的麦克风里突然播出×××号班机抵达的消息，人潮一阵骚动，全体的人向海关的门口挤去，我们差点被挤散了，怀冰紧抓着我的手，嚷着说："来了吗？

来了吗？蓝采，这束花可得由你送上去呀！"

"不行！"我很快地回答，心脏已快从口腔里跳出来了，我的脸在可怕地发着热，"我不干！还是你送去自然一点！"

人群拥挤着、呼叫着，成群的人跑到我们前面去了，三剑客在人堆里徒劳地推攘，员警在前面维持着秩序。我们无法挤到前面去，摄影记者、采访记者、电视记者和广播记者簇拥着几个政教界的知名之士，站在最前面，我们要踮着脚才能越过无数的人头，看到海关的出口处。接着，又是一阵大大的骚动，我只听到耳边一片乱七八糟的喊声："来了！来了！穿灰色西装的就是！"

"在哪儿？在哪儿？那个外国人是谁？"

"还有个外国女人呢！是他太太吗？"

我踮着脚，脑中昏昏沉沉的，眼前全是人头，什么都看不清楚。怀冰高举着花束，就怕把花碰坏了。无事忙像刨土似的用手把人往后刨，惹来一片咒骂声。小俞个子最高，踮着脚，他嚷着说："我看到他了，比以前更帅了，好神气的样子！他身边都围着人，好多好多人，那个高个子的外国人大概是他的经理人，有个外国小姐，一定是报上登的那位史密斯小姐，是帮他钢琴伴奏的……"

我伸长了脖子，只看到一片闪烁的镁光灯和拥挤的人群。小俞又在叫了："好了！好了！他走过来了！"

"哪儿？哪儿？"彤云在叫着，"我看不到呀！"

"我也看不到!"紫云跟着喊。

"他也没看到我们!"祖望在说,"怎么会有这么多人!"

"过来了!过来了!"小俞继续叫着,"他走过来了!"

人群让出了一条路来,于是,我看到他了。我的心跳得多么猛,我的视线多么模糊,我满胸腔都在发烧。他穿着件浅灰色西装,一条红色的领带,微微向上昂的头。我看不清楚他的眉目和表情,只恍惚地感到他变得很多,他没有笑,似乎有些冷冰冰。他的经理人高大而结实,像个守护神般保护着他,遮前遮后地为他挡开那些过分热心的人群。

已经有好多人送上花束了,剑兰、玫瑰、百合,应有尽有,他却一束也没有拿,全是他的经理人帮他捧着,一路被人群挤过去,那些花就一朵朵地散落下来。许多学生拥上前去,拿着签名册,都被那个经理人推开了。那几个政教二界的知名之士,正围绕在他身边,不住地对围过去的人群喊:"柯先生累了,需要休息,请大家不要打扰他!"

广播记者的麦克风也被挡驾了:"对不起,今天晚上我们有记者招待会,柯先生很疲倦,现在无法发表谈话,请各位晚上再来!"

他走得比较近了,我可以看清他的脸,他紧闭着嘴,漠然地望着那些人群。穿得挺拔、考究而整洁,神情严肃、孤高而不可侵犯。完全是个成名的音乐家的样子，漂亮，自信，高傲，冷峻。我的心脏不再狂跳，我的血液不再奔腾，我望着他，多遥远哪，隔了十年的时间！

"柯梦南！柯梦南！柯梦南！"三剑客喊起来了。

"柯梦南！柯梦南！柯梦南！"祖望和紫云也喊起来了。

"柯梦南！柯梦南！柯梦南！"无事忙也叫着。

他没有听到，喊他的人太多了，他的目光空漠地从我们这边扫过去，没有注意到我们，他严肃的脸上毫无表情。

"他听不见我们，"无事忙徒劳地在人群中挤，"这样吧，我们数一二三，然后一起叫他！"

于是，我们高声数着一二三，然后齐声大叫："柯梦南！"

"一二三！柯梦南！一二三！柯梦南！一二三！柯梦南！"我们周遭的人群对我们嫌恶地皱着眉头，甚至发出嘘声。大家依然叫着："一二三！柯梦南！一二三！柯梦南！一二三！柯梦南！"

他听见了！他的眼光转向了我们，我屏住了呼吸，他看见我了！但是，很快地，他的眼光又调向了别处，他没有认出我们吗？他没有认出我们吗？他的那个伴奏的小姐紧偎着他，他的目光冷峻地望着前方，他走过去了，没有再对我们注视一眼。顿时间，我们谁也喊不出来了。

人群跟在他后面跑,我们也下意识地跟着跑过去,怀冰手里还紧握着那束始终没有机会献上去的花束。我们跑到了大厅门口,摄影记者还围绕在他身边抢镜头,他周围全是人,我们拼命挤着、挤着……直到他被簇拥进了一辆豪华的小汽车,直到那小汽车很神气地开走了,直到一连串跟随着的车子也开走了,直到人群散了……

我们站在大厅门口,人群散了之后,才感到周围是这样地空旷。风对我们扑面吹来,卷来了不少的雨丝,我忍不住地打了个寒战。怀冰手里那束花,已经被人群挤得七零八落了,花瓣早已散落在各处,她手中紧握的只是一束光秃秃的秆子。我们大家面面相觑,好半天,没有一个人说得出话来。

最后,还是谷风耸了耸肩,勉强地笑了笑说:"毕竟他不再是那个跟着我们疯呀闹呀的柯梦南了,他现在是个大人物了!"

他的话里带着浓厚的、自我解嘲的味儿,听了让人有种说不出来的感触。小俞犹豫地说:"或者他太疲倦,根本没发现我们,他住在圆山饭店,我们要不要去圆山饭店找他?"

怀冰把手里那束光秃的花秆扔进了垃圾箱里,意态索然地说:"我要回家了,要去,你们去吧!"

"我也要回去了。"我慢吞吞地说,看了看雨雾迷蒙的天空，心里空空荡荡的，酸酸楚楚的。

"我也不想去，"水孩儿说，"别打扰他了吧！人家晚上还有记者招待会呢，反正不能出席我们的招待会。"

"那么，"小俞无可奈何地说，"我们明晚见吧，明天晚上演唱会的票我已经买了，无论如何，我们总要去听他唱一次的，是不是？"

"好吧！那我们就散了，明晚艺术馆见吧！"谷风说。

就这样，我们散了。我慢慢地沿着敦化北路向前走，走进了暮色和雨雾糅成的一片昏蒙之中。

第二十二章

  那是一个成功的演唱会,从各方面来讲,都是成功的。听众挤满了演唱会场,座无虚席。花篮从大门口、走廊,一直排列到台前、台上和台后。许多政界、学术界、音乐界的名人都出席了,摄影记者的镁光灯从开始闪到结束。所有的广播电台都在做实况录音,电视台也在做实况转播。掌声热烈而持久,场面是伟大的、动人的。

  我们的座位几乎是最后几排了,因为我们的经济力量都无法购买前排的位子,而且,那些位子在开始卖票的一小时后,就早被人订完了,我们也买不着那些位子。坐在后面,我们倾听着他的歌,一支又一支,他唱得比以前好了不知多少倍,音量、音色、音质都好。显然,这十年的时间他没有浪费,也没有虚度,他是经过了一番苦练的！他的歌声比他的人对我们而言，是熟悉多了，那歌声依然充满了感情，依然有动人心魄的力量。当他引吭而歌的时候，他的脸涨红了，他的眼睛闪烁发光，他的面部又是那么激动的、易感的、充满了灵性的，我们感动地望着他，噙着满眼眶的泪，噢！我们的柯梦南！可是，歌声一完，他在掌声中徐徐弯腰，那魔术一般的灵光一闪消失了，他又变得那么冷漠、孤高而陌生，又距离我们好遥远好遥远了。

他唱了十几支歌，几乎全是各国的民歌，也唱了几支歌剧中的名曲。我们带着强烈的期盼，希望能听到一支我们所熟悉的、他往常所常唱的曲子。但是，我们失望了，他一句也没有唱。演唱会将结束的时候，无事忙按捺不住了，拿了一张纸，他在上面写：

柯梦南：

我们都在后面几排坐着，昨天，我们也曾在机场等待，但是，你仿佛不再是以前那样容易接触了。假若你没有把旧日的朋友都忘干净，愿意为我们唱一支《有人告诉我》吗？

散会后，可否在后台"接见"我们？

圈圈里的一群即刻

他把纸条给我们传观，我低声问："你要怎样递给他?"

"我现在就送到后台去。"

他送去了,我们都满怀希望地等待着,片刻,他又溜了回来,怀冰问:"送到了吗?"

"他经理人接过去了。说等他到后台就给他。"

每唱两支曲子,柯梦南就要回到后台去休息一会儿,当他再回到后台的时候,我们都兴奋极了,他将要看到我们的纸条了,他会怎样?他会唱那支歌吗?他总不至于把十年前的往事都遗忘了吧?

他再度出场了,微微地弯了弯腰,他开始唱了起来,不是我们希望中的歌,接着,他再唱的,仍然不是。他的眼光有意无意地向后座扫了扫,没有带出丝毫的感情。怎么回事?

他没有收到我们的纸条吗?

散会了,他在成千上万的掌声中退入后台,我们彼此注视着,说不出心头是怎样一种滋味,他仍旧没有唱那一支歌。

无事忙叹了口气,说:"他不是我们的柯梦南了。"

是的,他不是了。我们都有这种感觉,强烈而深切的感觉。

祖望抬了抬眉毛:"不管怎样,我们总要到后台去吧!"

"或者,他的经理没有把纸条交给他!"小俞说。

"别帮他解释了,"小张满脸的不耐烦,"他变了!他现在是名人了，是大人物了，咱们这些老朋友哪里还在他眼睛里！别去惹人讨厌了！"

"好歹要去后台看看！"纫兰说，"假若他在后台等我们呢！"

我们去了，刚好赶上他在经理人的护持下，和那位伴奏小姐杀出歌迷的重围，走出后台的边门，钻进一辆黑色的轿车里。车中，他那白发萧萧的父亲正在那儿等他。或者，那位父亲要见到这位儿子也不容易吧！他是不是也等得和我们一样长久？

我们目送那辆车子走远了，消失了，无影无痕了。大家在街边站着，呆呆愣愣的，淋了一头一脸的雨水，然后，小俞突然笑了起来，笑得好干好涩："哈哈，好一个柯梦南，和当年真是不可同日而语了。"

"哼！"小张从鼻子里哼了一声，"我们是自讨没趣！瞎热心，瞎起劲！"

"他被名利锁住了，"祖望轻声地说，"台湾出了一个青年音乐家，而我们呢？失去了一个好朋友。"

"走吧！"谷风说，"我想，我们用不着再计划什么欢迎他的节目了。"

是的，我们用不着了，那个和我们一起疯、一起闹、一起唱、一起玩、一起做梦的柯梦南早已消失了，这是另外一个，成了名的、有了地位的、不可一世的柯梦南！接连好几天，报纸上全是柯梦南的名字，我们只在报章上看到他的消息,参加宴会,和家庭团聚,演唱会,以及他一举一动的照片,那位美丽的伴奏小姐始终跟在他身边,于是,记者们好奇了:"史密斯小姐和你的私交如何?"

"我们是好朋友。"这是答复。

就这么简单吗?我倚着窗子,望着窗外迷蒙的雨雾,我想念起何飞飞来了,强烈地想念她。何飞飞,何飞飞,何飞飞——我对着窗外低唤——我们当初都发狂一般地爱上的那个人是谁?如今又在何处?

一星期很快地过去了,柯梦南也结束了他一周的回台演出,他又要离去了。他走的那一天,我们没有任何一个人去送行。当然,他也用不着我们去送行,他有的是给他送行的人。可是,晚上,大家又不约而同地到我家来了。来谈论这次的事件,来凭吊一段逝去的友谊。还是水孩儿来得最晚,带着满头发的雨珠,带着满身的雨水,带着满脸特殊的温柔和激情,她手里拿着一朵娇艳欲滴的长茎红玫瑰,站在房子中间说:"你们猜我到哪儿去了?"

"飞机场?"怀冰问。

"不是,我到何飞飞的墓上去了。"她说,眼睛里漾着一层水雾,亮晶晶地闪着光。"我在她的墓前发现了这个,"她举着红玫瑰,"大大的一束。"

"怎么?"小俞问,"她家的人去过了?"

水孩儿摇了摇头。

"不,"她轻轻地说,"红玫瑰代表的是爱情,是吗?她家的人也不会带这么贵重的花去,何况连天下雨,墓边泥地上的足迹非常清晰,那是一个孤独的、男人的脚印,他去过了——柯梦南。"

我们很安静,安静得听不到一点声音。一刹那间,我们心头都充满了激动,充满了说不出来的一种感情。几百种思想在我脑际闪过,几千种感触在我心头掠过,我举头向着窗外,泪水不由自主地升进了我的眼眶,可是,我想笑,很想笑……噢,是他吗?是他吗?我们的柯梦南!

有人按门铃,秀子拿着一封信走到我面前来:"小姐,限时专送信!"

我握着信封,多熟悉的笔迹!大家都围了过来,顾不得去研究他如何获知了我的住址,我抽出了信笺,上面没有上下款,只用他那潇洒的笔迹,遒劲有力地写着一支歌:

> 有人告诉我,
> 这世界属于我,
> 在浩瀚的人海中,
> 我却失落了我。

有人告诉我,
欢乐属于我,
走遍了天涯海角,
遗失的笑痕里才有我!

有人告诉我,
阳光普照着我,
我寻找了又寻找,
阳光下也没有我。

我在何处?何处有我?
谁能告诉我?
我在何处?如何寻觅?
谁能告诉我?
谁能告诉我?
谁能告诉我?

  信笺从我的手上落下去,别人又把它拾了起来,我满面泪痕,又抑制不住地笑了。啊,我们的柯梦南,他毕竟唱给我们听了,不用他的嘴,而用他的心!噢,柯梦南!他何曾遗忘过去?他是记得太深了!他何曾失去了感情?他是用情太重了!噢,柯梦南!柯梦南!柯梦南!

"我们错了,"怀冰低声地说,"我们该去送行的!"

"我早说过,柯梦南不是那样的人!"小俞说。

"我要给他写信,"祖望说,"我们一定要给他写信,每个人都要写!我们要帮助他把那个失落的自己再找回来!"

"我要写的,"肜云说,"今天晚上回去就写!"

"没看到我们去机场,他一定很难过!"纫兰叹息着。

"电视!"谷风说,"打开电视看看,新闻里会不会放出他离台的新闻片!"

我扭开了电视,片刻后,新闻播放的时间到了,果然,有一小段柯梦南离台的新闻,他站在机场,向成千上万送行的人挥手,脸上仍然是肃穆的、庄重的、不苟言笑的。他的眼睛里有着难解的、深思的表情,神态落寞而孤高,像一只正要掠空飞走的孤雁。新闻播报员正用清晰的声音在报告着:"名声乐家柯梦南先生于今日下午三时离台飞意大利,继续他的音乐课程,临行的时候,他一再说,他还要回来的,这儿有他的朋友、家人,和许多他难以忘记的东西,他一定要在最短期间,学成归来!让我们等待他吧!"

让我们等待他吧!关掉了电视,我们默默相对。都有满胸怀的感情和思念,对柯梦南,对何飞飞,对逝去的那一段美好的时光。半响,祖望轻声地说:"这正像前人的两句词:无可奈何花落去,似曾相识燕归来。"

是的,"无可奈何花落去",这是何飞飞。"似曾相识燕归来",这是柯梦南。我握着茶杯走到窗前,推开了窗子,我迎风而立。望着那无边无际的细雨,我下意识地对窗外举了举杯子,在心中低低地说:"祝福你!"

祝福谁?我自己也不清楚。祝福一切有血有肉的人吧!祝福一切有情有义的人吧!

风吹着我,带着几丝凉意,我忽然发现,这又是"恻恻轻寒翦翦风"的季节了。

春天又到了。

——全文完——

一九六七年五月十四日夜

（京权）图字：01-2024-1759

图书在版编目（CIP）数据

翦翦风 / 琼瑶著. -- 北京：作家出版社，2024.10
（琼瑶作品大合集）
ISBN 978-7-5212-2879-3

Ⅰ.①翦… Ⅱ.①琼… Ⅲ.①长篇小说-中国-当代 Ⅳ.①I247.5

中国国家版本馆CIP数据核字（2024）第098319号

版权所有 © 琼瑶

本书版权经由可人娱乐国际有限公司授权作家出版社出版简体中文版
非经书面同意，不得以任何形式任意重制、转载。

翦翦风

作　　者：	琼　瑶
责任编辑：	李　娜
装帧设计：	棱角视觉　纸方程·于文妍
出版发行：	作家出版社有限公司
社　　址：	北京农展馆南里10号　　邮　编：100125
电话传真：	86-10-65067186（发行中心）
	86-10-65004079（总编室）
E-mail：	zuojia@zuojia.net.cn
http://	www.zuojiachubanshe.com
印　　刷：	中煤（北京）印务有限公司
成品尺寸：	142×210
字　　数：	103千
印　　张：	5.875
版　　次：	2024年10月第1版
印　　次：	2024年10月第1次印刷
ISBN	978-7-5212-2879-3
定　　价：	28.00元

作家版图书，版权所有，侵权必究。
作家版图书，印装错误可随时退换。

品 琼 瑶 经 典
忆 匆 匆 那 年

琼瑶作品大合集

1963	《窗外》	1981	《燃烧吧！火鸟》
1964	《幸运草》	1982	《昨夜之灯》
1964	《六个梦》	1982	《匆匆，太匆匆》
1964	《烟雨濛濛》	1984	《失火的天堂》
1964	《菟丝花》	1985	《冰儿》
1964	《几度夕阳红》	1989	《我的故事》
1965	《潮声》	1990	《雪珂》
1965	《船》	1991	《望夫崖》
1966	《紫贝壳》	1992	《青青河边草》
1966	《寒烟翠》	1993	《梅花烙》
1967	《月满西楼》	1993	《鬼丈夫》
1967	《翦翦风》	1993	《水云间》
1969	《彩云飞》	1994	《新月格格》
1969	《庭院深深》	1994	《烟锁重楼》
1970	《星河》	1997	《还珠格格第一部1阴错阳差》
1971	《水灵》	1997	《还珠格格第一部2水深火热》
1971	《白狐》	1997	《还珠格格第一部3真相大白》
1972	《海鸥飞处》	1997	《苍天有泪1无语问苍天》
1973	《心有千千结》	1997	《苍天有泪2爱恨千千万》
1974	《一帘幽梦》	1997	《苍天有泪3人间有天堂》
1974	《浪花》	1999	《还珠格格第二部1风云再起》
1974	《碧云天》	1999	《还珠格格第二部2生死相许》
1975	《女朋友》	1999	《还珠格格第二部3悲喜重重》
1975	《在水一方》	1999	《还珠格格第二部4浪迹天涯》
1976	《秋歌》	1999	《还珠格格第二部5红尘作伴》
1976	《人在天涯》	2003	《还珠格格第三部天上人间1》
1976	《我是一片云》	2003	《还珠格格第三部天上人间2》
1977	《月朦胧鸟朦胧》	2003	《还珠格格第三部天上人间3》
1977	《雁儿在林梢》	2017	《雪花飘落之前——我生命中最后的一课》
1978	《一颗红豆》	2019	《握三下，我爱你——翩然起舞的岁月》
1979	《彩霞满天》	2020	《梅花英雄梦之乱世痴情》
1979	《金盏花》	2020	《梅花英雄梦之英雄有泪》
1980	《梦的衣裳》	2020	《梅花英雄梦之可歌可泣》
1980	《聚散两依依》	2020	《梅花英雄梦之飞雪之盟》
1981	《却上心头》	2020	《梅花英雄梦之生死传奇》
1981	《问斜阳》		